武生魁公

무당괴공
8

김태현 신무협 장편소설

ORIENTAL FANTASY STORY & ADVENTURE

dream
books
드림북스

무당괴공 8

초판 1쇄 인쇄 / 2014년 4월 18일
초판 1쇄 발행 / 2014년 4월 25일

지은이 / 김태현

발행인 / 오영배
책임편집 / 편집부
펴낸 곳 / (주)삼양출판사 · 드림북스

주소 / 서울특별시 강북구 솔샘로67길 92
대표 전화 / 02-980-2112 팩스 / 02-983-0660
편집부 전화 / 02-980-2116 팩스 / 02-983-8201
블로그 / blog.naver.com/dreambookss

등록번호 / 제9-00046호
등록일자 / 1999년 3월 11일

ⓒ 김태현, 2014

값 8,000원

ISBN 978-89-542-5515-8 (04810) / 978-89-542-5289-8 (세트)

이 도서의 국립중앙도서관 출판시도서목록(CIP)은 서지정보유통지원시스홈페이지(http://
seoji.nl.go.kr)와 국가자료공동목록시스템(http://www.nl.go.kr/kolisnet)에서 이용하실 수
있습니다. (CIP제어번호: 2014012464)

무당괴공
8

김태현 신무협 장편소설

ORIENTAL FANTASY STORY & ADVENTURE

dream
books
드림북스

貳武當魁公

무당괴공

목차

第一章

천위(天位)를
향한 첫걸음

　적운비에게 있어서 무공은 무당파를 부흥시키기 위한 필수 요소였다. 무공을 익혀 명성을 떨치겠다는 욕구보다 무당파의 부흥이 우선인 것이다.

　그렇기에 면장을 익히고, 양의심법을 깨달았을 때 그는 누구보다 기뻐했고, 열심히 수련했다.

　무당의 부흥을 위해서였다.

　들뜨지 않기를, 조바심 내지 않기를 바랐을 뿐이다.

　하나 혜검(慧劍)은 달랐다.

　무당파는 양의심법과 면장, 북두천강진만으로도 충분히 명문거파의 모습을 되찾을 것이다. 그저 제자들이 수련해야 할 시간만 벌 수 있다면 확정된 미래였다.

혜검이 없다고 해도 마찬가지일 터였다.

그러나 혜검이다.

그 두 글자가 주는 경외감은 형용할 수 없을 정도였다. 소림의 역근주해가 그러했고, 화산파의 매화검법 또한 그러했다.

이 정도의 상승 절예라면 존재 자체만으로 문파의 얼굴이 되는 것이다.

"하아……."

그렇기에 적운비는 혜검이라는 두 글자를 마주한 채 한참 동안 심호흡을 해야 했다.

이번만은 개인적인 욕심을 버릴 수가 없었다.

문파의 부흥이 아닌 무당파의 근원을 마주할 수 있는 기회였다.

적운비는 야명주 아래 새겨진 글귀를 손으로 훑었다.

혜검(慧劍)을 얻는 자, 검천위가 되기에 충분하리라.

바위에 새겨진 글귀의 넓이와 깊이는 일정했다.

심후한 내공을 가졌다고 가능한 일이 아닐 터였다.

단순하게 내공만 사용했다면 적운비도 이와 같은 글귀를

남길 수 있었다. 이미 양의심법으로 인해 운기조식을 하지 않아도 천하에 흩어진 자연지기를 호흡하는 경지에 이르렀기 때문이다. 그러나 적운비가 새긴 글귀는 세월의 힘을 이겨내지 못할 것이다.

이 글귀를 만든 이는 오랜 세월 박혀 있던 바위의 결을 읽어내고 물 흐르듯 내공을 사용했다.

그야말로 하늘과 하나가 된 천인합일(天人合一)의 경지에 이르렀다는 뜻인 게다.

적운비는 글귀에서 손을 떼며 눈을 감았다.

천위(天位)의 자격 증명은 두 가지 방법 중 하나로 이뤄진다.

—도학이 뛰어나 깨우침이 만개한 자는 현현전의 책을 독파(讀破)한 후 학도인들과 개별 논쟁으로 자격을 증명한다.

이 과정을 현현구관(玄玄九關)이라 칭한다.

—검을 비롯해 무공에 능통한 자는 하도낙서(河圖洛書)와 후천팔괘(後天八卦)의 뜻으로 이뤄진 통관(通關)으로 자격을 증명한다.

이 과정을 구궁무저관(九宮無底關)이라 칭한다.

천위법궤에서 찾아냈던 천위의 선별 방식이 떠올랐다.

이미 적운비는 현현전의 전주인 벽공 진인에게 논쟁으로 인정받은 상태였다. 그야말로 차기 현현전주로 내정되었다고 해도 무리가 아니었다.

한데 구궁무저관까지 도달했으니 도천위의 자리에 이어 검천위의 자리까지 도달한 것이나 다름없을 터였다.

'혜검은 곧 무당이고, 무당은 곧 태극이니…… 혜검을 익힌 자, 천인이 되리라.'

적운비는 손을 모으고 대례를 행했다.

그러고는 나직이 읊조렸다.

"제자, 태극을 행하겠나이다."

그 후 적운비는 구궁무저관으로 걸음을 내디뎠다.

모를 것이다.

지금은 꿈에도 생각지 못할 것이다.

적운비는 자신이 내디딘 첫발의 의미가 어느 정도인지 모르는 게다.

본래 장문인의 자문 역할을 했던 검천위와 도천위는 하나의 자리에서 파생되었다.

천위(天位).

하늘의 뜻을 대신해 무당이라는 이름으로 천의를 설파하

는 지고의 존재를 뜻한다.

　무당에 속했으나, 무당을 벗어난 존재.

　강호에 속했으나, 강호를 포함한 천하의 이치를 궁구하
는 존재가 바로 천위였다. 그러니 적운비는 검천위 천학 진
인조차 도달하지 못했던 태초의 천위를 향해 걸음을 내디
딘 것이나 다름없었다.

　훗날 자미대성(紫微大星)이라 추앙받은 괴공(魁公).

　천하가 그를 감당하려 했으나, 결국 그가 천하를 감당할
지어다. 하지만 지금은 괴협(怪俠)에도 이르지 못한 무당의
반골에 불과하니…….

　쿠쿠쿠쿵!

　적운비의 입관을 시작으로 구궁무저관의 태극문은 저절
로 회전하더니 다시금 굳게 닫혀 외인의 출입을 불허했다.

　태극(太極)이 그를 보우하리라.

＊　　　＊　　　＊

　"죽었다고요?"

　제갈수련은 담담한 어조로 물었다.

　보고하는 조룡삼옹의 둘째인 낙일사 역시 대수롭지 않게
대꾸했다.

"천장단애에서 떨어졌소. 듣던 대로 나이에 비해 엄청난 무위를 지녔더군. 전력을 다한 후에야 겨우 장력을 적중시킬 수 있었소. 내 장력에 가슴이 터졌으니 어쩌면 떨어지기도 전에 죽었을 수도 있겠지."

제갈수련은 잠시 막사 밖으로 보이는 무당산을 올려다봤다.

높기는 더럽게 높은 산이다.

천하에 손꼽히는 명산이니 오죽 높으랴.

그중 가장 높은 봉우리인 자소봉에 무당파는 터를 잡았다. 한데 낙일사는 적운비가 그런 자소봉의 절벽 아래로 떨어졌단다.

적운비는 입이 닳도록 떠들던 무당산에서 죽었으니 억울하지는 않을 터였다. 밤마다 찾아와 악몽을 선사해 주지는 않을 테니 그것도 나쁘지 않다는 생각이 들었다.

'그래, 그러면 된 거야. 그러면……'

제갈수련의 눈매가 살짝 휘어졌다.

입꼬리를 올린 그녀는 나직이 말을 이었다.

"잘하셨어요. 태상께서 거슬려 하던 자입니다. 논공행상 때 제가 따로 말씀드리지요. 다음 보고하세요."

낙일사의 곁에 있던 중년인이 앞으로 나섰다.

태상이 내준 암격대의 대주였다.

암격대주는 낙일사와 달리 공손한 자세로 보고를 시작했다.

"현재 등선로 아래에 있는 옛 해검지에 막사와 방책을 세웠습니다. 천룡맹의 깃발을 걸었으니 허락 없이는 오가는 것이 불가능합니다. 암격대는 맹에서 보낸 후발대가 도착한 후 복귀할 예정입니다."

"태상께 서찰은 보냈나요?"

"제가 방금 확인했습니다."

제갈수련은 담담한 어조로 말을 이었다.

"혈마교로 간 사절단과 산적 퇴치를 명분으로 나선 후발대는 어디까지 왔나요?"

"현재 호북성 북부로 진입하여……."

낙일사(落日士)는 양손을 소매에 넣은 채 자신의 방에서 휴식을 취하는 것처럼 의자에 편안하게 몸을 누였다.

그는 이미 막사 안에서 부외자처럼 행동했다.

그도 그럴 것이 그는 기공탄노나 대검백처럼 태상의 직속인 상천 소속이 아니던가.

'클클, 말을 아낀 보람이 있군.'

본래 무당산을 내려올 때만 해도 제갈수련이나 암격대에게 짜증을 내려던 그였다.

그가 상대한 적운비는 전형적인 명문가의 제자처럼 어리

석었다. 좋은 영약을 먹고, 명사에게 가르침을 받아도 경험의 힘은 엄청나다. 한데 적운비는 실전에서 등을 보이고 도망치다가 절벽 아래로 떨어진 머저리였다.

무공만 강하고 써먹을 줄도 모르는 어린놈을 잡으러 호북성까지 불려 온 것이 짜증 난 게다.

그러나 하산한 후 생각을 달리하기로 했다.

어찌 됐든 먼 길을 와서 세운 공이 아니던가.

같은 상천이라고 해도 대검백과 조룡삼옹의 대우는 천양지차였다.

'서열이 올라갈 아주 좋은 기회야.'

게다가 대공녀의 언행을 보라.

어지간한 일에는 잘했다고 칭찬도 아끼는 그녀가 자신에게는 극찬을 하지 않았는가. 태상의 후계자라 불리는 대공녀의 눈에 들었으니 이번 일은 실보다 득이 많을 터였다.

'형님과 동생은 나한테 잘해야 해. 클클.'

낙일사는 침음을 흘리며 푹신한 의자에 몸을 묻었다.

그의 입가에는 기분 좋은 미소가 가득했다.

하지만 일의 전모를 숨기고, 과장되게 표현함으로써 달라질 내일은 생각지도 못하는 그였다.

제갈수련은 늦은 밤까지 막사에서 칩거했다.

그녀의 자세는 보고를 받았을 때와 조금도 다르지 않았다. 그야말로 낮부터 세 시진 넘게 미동조차 하지 않은 것이다.

"아가씨."

막사의 장막 뒤에서 이중이 모습을 드러냈다.

평소 목석같던 그녀의 표정에는 근심이 가득했다.

"아가씨. 식사라도 하셔야지요."

제갈수련의 눈매는 여전히 휘어져 있었고, 입꼬리는 미소를 짓는 것처럼 올라간 상태였다.

그러나 이중의 물음에도 대꾸는 돌아오지 않았다.

"천괴의 흔적을 찾는 것도 순조롭고, 태상의 뜻대로 무당파를 압박하는 것도 성공했습니다. 비록 무당 장문인이 자발적으로 봉문을 선언했지만, 강호에는 천룡맹이 봉문을 시켰다고 알려질 겁니다. 그렇다면 무당에 알려지지 않은 죄가 있다고 소문이 나겠지요. 그야말로 아가씨는 능력 이상을 보여주신 겁니다. 이번만은 태상께서도 칭찬을 아끼지 않으실 거예요."

이중의 격려가 효과를 보인 것일까?

제갈수련은 천천히 몸을 일으켰다.

그러나 이내 비틀거리더니 미간을 찡그리며 작은 비명을 흘려냈다.

"아……."

이중은 제갈수련을 부축하려다 눈을 휘둥그레 떴다.

제갈수련의 손이 소매 밖으로 나오며 팔걸이를 움켜쥐었다. 한데 손톱에는 흐릿한 달빛 아래에서도 보일 만큼 핏물이 맺혀 있지 않은가.

이중은 제갈수련의 이름을 부르려다 멈칫했다.

잠시 비틀거리던 제갈수련이 몇 번의 심호흡을 하더니 입을 뗀 것이다.

"잠시 나갔다 올게."

평소와 다름없는 냉랭한 목소리였다.

"이, 이 시간에 어디를 가시려고요? 너무 늦었어요."

제갈수련의 입꼬리가 힘없이 올라갔다.

"오늘이 아니면 평생 하지 못할 거야."

*　　*　　*

제갈수련은 학사들이 기거하는 곳으로 향했다.

한데 그녀의 도착지는 연자광이 아니라 여러 명이 사용하는 막사였다. 잠시 자리를 비켜 달라는 그녀의 말에 학사들은 기꺼이 막사 밖으로 나섰다.

그리고 한 사람이 남아서 의아한 표정으로 제갈수련을

올려다봤다.

제갈수련은 중년인을 향해 목례를 했다.

"이 학사님. 저…… 기억하시나요?"

중년인은 비밀 엄수라는 핑계로 끌려오다시피 한 이학인이었다.

그는 어리둥절한 표정으로 고개를 갸웃거렸다.

"글쎄다. 낯이 익기는 한데……."

제갈수련은 옅은 미소를 띠며 말했다.

"저 문성입니다. 천관원에 계실 때 적운비와 함께 갔었지요."

"아! 문성이라면 알지. 운비를 안내한 관도가 아니더냐. 한데 그 아이는 분명 사내였는데."

"사정이 있어서 남장을 했었습니다. 지금은……."

제갈수련은 잠시 머뭇거리다가 말을 이었다.

"천괴의 일을 맡고 있습니다."

이학인은 미간을 찡그렸다.

"천괴의 일은 제갈세가의 대공녀가 맡고 있다고 들었소이다. 그렇다면 소저가 대공녀라는 말이오?"

반말이 반 존대로 바뀌었다.

제갈수련은 대답 대신 고개를 끄덕였다.

이학인의 얼굴에서 호의가 완전히 사라졌다.

"어째서 대공녀가 일개 학사를 찾아오셨소?"

제갈수련은 잠시 시선을 피했다.

그러나 이미 세 시진 넘게 현실을 회피하지 않았던가.

결국 그녀는 나직한 어조로 한 마디를 흘렸다.

"적운비가 죽었습니다."

이학인으로서는 마른하늘에 날벼락이나 다름없는 소리였다. 그는 눈을 부릅뜬 채 한참 동안 말을 잇지 못했다. 아니, 그 역시 적운비의 죽음이라는 현실을 부정하고 싶었던 게다.

그러나 잔뜩 굳었던 몸에서 힘이 빠져나간다.

이학인은 헛웃음을 흘리며 어깨를 축 늘어트렸다.

잠시 후 고개를 든 그의 얼굴에는 분노와 적의가 가득 담겨 있었다. 하나 제갈수련이 힘없이 내뱉은 한 마디에는 의아함을 감추지 못했다.

"저 때문입니다. 저 때문에 운비가 죽었어요."

힘없던 목소리에 희미하게 물기가 어렸다.

"죄송해요."

이학인은 한참의 시간이 흐른 후에야 긴 한숨과 함께 입을 열었다.

"자세히 듣고 싶소."

제갈수련은 저간의 사정을 모두 전하지 않았다.

그녀의 사적인 감정과 달리 천괴와 관련된 사안은 제갈세가의 미래가 달린 일이기 때문이다.

또한, 이번 일을 주도한 사람은 태상이 아닌가.

차마 조부의 이름을 거론할 수가 없었다.

그렇기에 제갈세가와 무당파의 세력 싸움과 낙일사의 보고를 전했다.

"그분은 본가에서도 특급으로 꼽히는 빈객입니다. 그런 분과 호각으로 싸웠다고 합니다. 그러던 중 가슴에 일장을 맞았고, 절벽 아래로 그만……."

제갈수련은 말끝을 흐렸다.

이상하다.

분명 속으로 삭였다고 여겼거늘 어째서 마음이 이렇듯 공허한 것일까.

말이라는 게 이렇듯 어려웠던가?

두 사람은 한참 동안 말을 잇지 못했다.

이학인은 장탄식을 하며 비통함을 마음에 새겼다. 하나 언제까지 침묵을 지킬 수는 없는 노릇이다. 게다가 자신은 제갈세가에 잡혀 있는 몸이나 다름없지 않은가. 한시라도 빨리 마음을 다잡고, 바깥 사정을 살펴야 했다.

그리고 무엇보다 그녀에게 묻고 싶은 것이 있었다.

"대공녀의 의중은 무엇이오?"

제갈수련은 눈을 동그랗게 뜨며 반문했다.

"네?"

"어째서 무당의 제자를 해하고, 내게 고백하는 게요? 나로서는 대공녀의 저의를 의심하지 않을 수가 없구려."

이학인의 질문은 당연한 것이다.

그러나 제갈수련의 대답은 쉽지 않았다.

이미 해답을 찾기 위해 세 시진을 보내지 않았던가.

낙일사의 보고를 듣는 순간부터 그녀의 머릿속에서는 적운비의 죽음이 떠나지 않았다. 대공녀로서의 책임을 다한 이후에야 자신이 시종일관 주먹을 쥐고 있었다는 사실을 깨달은 것이다. 하나 손바닥이 찢어질 정도로 강하게 주먹을 쥐었으면서도 고통은 느껴지지 않았다.

결국 해답은 찾지 못했지만, 해야 할 일은 깨닫게 되었다.

이학인을 떠올린 게다.

적운비가 마음으로 깊이 따르던 존재.

그에게 부고(訃告)를 전해야 했다.

한데 자신이 반드시 해야 할 일이라 여겼지만, 이학인의 질문을 듣는 순간 다시 한 번 깨닫게 되었다.

'나는 책임을 다하기 위해 온 것이 아니구나.'

그때 이학인이 제갈수련에게 영견(領絹)을 내밀었다.

영견은 손이나 얼굴을 닦을 때 쓰는 수건이 아닌가.

"이것을 왜?"

이학인은 대답 대신 다시 한 번 영견을 건넸다.

제갈수련은 영견을 받는 순간 자신이 눈물을 흘리고 있다는 사실을 인지했다.

그리고 동시에 자신이 흔들린 이유를 찾게 되었다.

'나는 위로받고 싶었던 거로구나.'

제갈수련은 눈물을 닦으며 고개를 숙였다.

눈물을 흘려본 적이 언제였는지 기억도 가물가물했다.

아마 자신은 남들과 다르며, 형제자매와도 경쟁해야 한다는 사실을 깨달았던 때가 아닌가 싶다.

"막고 싶었나 보오?"

이학인의 말에 제갈수련은 쓴웃음을 흘렸다.

"몰랐어요. 지금 와서 생각해 보면 무당 장문께서 봉문을 외쳤을 때 내심 안도했나 봐요. 최소한 그 녀석이 무당파에만 도착하면 살 수 있을 테니까요."

말문이 트이니 차라리 마음이 편했다.

"그 녀석은 지금껏 제가 보았던 누구보다 대단했어요. 머리 쓰는 거 하며 무공에 대한 천부적인 자질까지 따라가기 버거울 정도였지요. 내심 동경이라도 했나 봅니다. 물론 녀석은 관심도 없었겠지요."

이학인이 말을 받았다.

"녀석은 자신의 마음보다 타인의 마음을 중시했지. 항상 남을 위해 헌신하고, 이상을 현실로 만들기 위해 매진하지 않았던가. 그러니 아마 녀석은 대공녀의 마음을 짐작조차 하지 못했을 거요. 녀석의 머릿속에는 오직……."

제갈수련과 이학인은 동시에 입을 열었다.

"오직 무당뿐이지요."

"본파의 부흥이 전부였지."

두 사람은 헛웃음을 흘렸다.

짧은 대화로 비통함을 이겨내기란 불가능하다.

하지만 누군가를 추억하며 보낸 시간이기에 두 사람은 잠시나마 마음의 평안을 얻어낼 수 있었다.

"이 학사께 부탁이 있습니다."

"뭐요?"

제갈수련의 부탁은 이학인이 예상치 못한 것이었다.

"무당파로 가주세요."

이학인은 눈을 가늘게 떴다.

천괴의 흔적을 찾는 일로 인해 억류당한 상태가 아닌가. 그러니 적의 수장이라고 할 수 있는 대공녀의 호의를 아무 생각 없이 받아들이기란 어려운 일이었다.

적운비로 인한 공감대를 찾았다고 해도 말이다.

제갈수련은 이학인의 의심 가득한 눈빛에 쓴웃음을 흘렸다.

"제가 그에게 할 수 있는 마지막 도리입니다."

"……."

"지금 당장 떠나세요. 무당의 분위기가 뒤숭숭하겠지만, 봉문을 한 이상 천룡맹은 결코 무당의 경내를 범하지 않을 것입니다."

이학인은 잠시 제갈수련의 표정을 살폈다.

모략이나 기계(奇計)와 거리가 먼 자신이 보아도 그녀의 표정에서 진심을 읽을 수 있었다.

"그래도 되는 건가?"

제갈수련은 조금은 편안해진 웃음을 보였다.

"죄책감을 덜기 위한 발악으로 보셔도 됩니다. 게다가 천괴의 유산에 관한 확정적인 단서도 찾았습니다. 이제 무당파는 고려의 대상이 아닙니다."

"고맙네."

이학인의 말에 제갈수련은 고개를 내저었다.

"고마워하지 말아 주세요. 그 녀석이 그렇게 된 이상 저는 멈출 수 없게 되었습니다. 이제 제게 남은 것은 세가의 부흥이 전부예요. 반드시 천괴의 유산을 찾아서 본가를 천하제일로 만들 거예요. 그러니 고맙다는 말은 삼가주세요.

저는 결코 좋은 여자가 아니거든요."

이학인은 손을 모으고 막사를 떠났다.

홀로 남은 제갈수련은 허물어지듯 주저앉았다.

그녀가 막사를 떠난 것은 반 시진이나 지난 후였다.

"따라오라고 한 적 없는데?"

막사 밖에는 이중이 대기하고 있었다. 사람들이 보이지 않는 것으로 보아선 그녀가 출입을 통제했나 보다.

이중은 제갈수련의 표정을 살피고는 나직이 말했다.

"표정이 한결 좋아지셨어요."

"그런가?"

"하지만 아가씨가 그러실 줄은 몰랐네요."

제갈수련은 어깨를 으쓱거렸다.

"그의 사부야. 최소한 부고는 전할 수 있게 해줘야지. 우리는 사파가 아니라고."

한데 이중은 고개를 내저었다.

"그 말이 아니에요. 지금껏 아가씨는 단 한 번도 누군가에게 자신을 여자라고 칭하지 않으셨어요."

제갈수련은 이중의 말에 당황한 기색을 보였다.

그러나 이내 대수롭지 않게 한 마디를 남긴 채 처소로 돌아갔다.

"그게 뭐 어때서? 나 여자잖아."

이중은 제갈수련을 뒤따르며 나직이 읊조렸다.

'여자가 아니라 대공녀셨지요.'

*　　*　　*

봉문(封門)은 문파의 존폐가 결정될 만큼 중요했다.

그것을 장문인 홀로 결정했으니 벽자 배가 받을 충격은 상상 이상이었다. 벽천 진인과 벽공 진인이 장문인을 따라 들어간 것은 당연했다.

장문인은 변명 대신 적운비가 만든 비급을 건넸다.

벽천 진인의 무리와 벽공 진인의 도학을 합치니 삽시간에 비급의 대단함이 증명되었다.

"하지만 봉문은 성급하지 않은가 싶군."

"그래도 장문인의 표정이 좋아졌기에 이상하다 싶었어. 운비가 왔었던 거군. 그 아이는 어디에 있는가?"

장문인은 구궁무저관에 대한 이야기를 전하려다 입을 닫았다. 적운비가 성공한 후에 전해도 충분하지 않을까 싶었다. 게다가 지금은 양의심법과 태극면장에 집중할 시기가 아니던가.

적운비라면 분명 자신의 생각에 동의했을 것이다.

"무당의 경내가 외인들로 인해 더럽혀지는 것을 참을 수 없었습니다. 사형의 말처럼 봉문을 한 이상 험난한 내일이 기다리고 있을 겁니다. 재정도 약화될 것이고, 문파의 결속력 또한 그렇겠지요. 제자들이 떠나고, 속가가 분열될 겁니다."

벽공 진인은 조심스럽게 입을 열었다.

"모두 장문 사제가 걱정하던 일이 아닌가. 이번 일로 인해서 문파의 성세는 다시 기울 거야. 아니, 예전보다 더 심각해질 수도 있겠지."

장문인은 오히려 결의를 다졌다.

"하지만 그로 인해 남은 사람들은 더욱 똘똘 뭉치게 될 겁니다. 이제는 외부의 시선이나 도움 없이 무당의 힘으로만 부흥을 이뤄내는 것이 제 목표입니다."

벽공 진인은 주름이 고스란히 드러날 정도로 환하게 웃었다.

"장문 사제가 굴레를 떨쳐낸 것 같구려. 축하하네."

벽천 진인도 장문인의 어깨를 다독였다.

"오랜만에 사제의 편한 표정을 보는군."

"하하, 문파를 봉문한 장문인입니다. 이제 저는 조사전으로 가서 석고대죄를 해야 하는 걸요."

무당삼청의 화기애애한 분위기는 금세 진정됐다.

이제는 일희일비할 연배가 아니지 않은가.

그들은 앞으로 처리해야 할 일들을 의논했다.

"벽성은 어찌할 생각인가?"

벽천 진인의 말에 장문인은 한숨을 내쉬었다.

"이미 무당의 품을 떠난 놈입니다. 지금은 선결할 일들이 많으니 차후 반드시 사문의 법규를 통해 징치할 것입니다."

"제갈세가의 품으로 들어갔으니 당분간은 손을 댈 수가 없을 것이야. 장문 사제의 말처럼 지금은 수련이 우선시되어야 할 것이네."

장문인은 이전과 달리 벽성에 대한 분노와 미련을 쉽게 떨쳐냈다.

"일단 사제들 중에 선별하여 같이 연구를 해보지요."

"아무래도 처음 익힐 때 애로사항이 많을 걸세. 주화입마와 같은 부작용이 있을지도 모르지."

벽천 진인의 말에 장문인은 턱을 괴고 물었다.

"흠, 그럼 누가 좋을까요?"

무당삼청은 면장보다 양의심법을 먼저 논의했다.

봉문으로 인해 침울했던 대전은 금세 희망으로 가득 찼다. 하나 무당삼청의 밝은 표정은 오래가지 못했다. 진무궁 밖이 시끄럽더니 대전 안으로 뛰어 들어오는 사람이 있었던 게다.

"무해야."

벽공 진인은 눈을 휘둥그레 떴다.

천룡맹에 있어야 할 제자, 이학인이 돌아온 것이다.

"무사했구나!"

이학인은 무당삼청 앞에 무릎을 꿇었다.

그리고는 비통함이 가득한 목소리로 울먹거렸다.

"제자가 미력하여 지키지 못했나이다."

"무슨 소리더냐?"

벽공 진인의 말에 이학인은 고개를 숙였다.

몇 마디 말로 끝낼 수 있는 일이 아니었다.

그렇기에 이학인은 제갈수련의 말을 고스란히 전했다.

무당삼청이 받는 충격은 엄청났다.

방금 전까지만 해도 적운비로 인해 하늘을 나는 듯한 환희를 만끽하지 않았던가. 그러니 적운비의 죽음은 너무도 비현실적이었다.

"동천, 동천이라고?"

벽천 진인은 표정을 굳힌 채 자리를 박찼다.

경공까지 펼쳤을 정도로 다급했다.

하지만 동천의 절벽에 도착했을 때 그들의 발걸음은 조금씩 느려졌다.

"흔적이 없군요."

벽공 진인의 말에도 벽천 진인은 한참 동안 절벽 주변을 수색했다.

"벽공의 말이 맞아. 싸운 흔적이 없어."

이학인은 고개를 갸웃거렸다.

"대공녀의 말에 따르자면 엄청난 혈투를 펼쳤다고 했습니다. 그녀가 거짓말을 하지는 않았을 텐데……."

잠시 후 침묵을 지키고 있던 장문인이 입을 열었다.

"사형. 대공녀가 난입했을 때 만만치 않은 상대가 있다고 하셨지요?"

벽천 진인은 고개를 끄덕였다.

"그래, 일행으로 보이는 세 노인이었다. 둘은 감당할 만하지만, 대형으로 보이는 자는 상당한 실력자였다. 나조차도 쉬이 승리를 장담할 수 없었어."

장문인은 조심스럽게 물었다.

"운비와 싸운 자가 둘째라고 했으니 가장 강한 자는 아닐 겁니다. 사형, 다른 두 사람과 저를 비교하면 어떻습니까?"

벽천 진인은 잠시 말을 아꼈다.

벽운은 사제이기에 앞서 무당의 장문인이 아닌가.

그러니 무공의 성취를 평가하기가 난감했다.

"사형, 괜찮습니다."

"확신할 수는 없네. 하나 사제를 뛰어넘는다고 보기에는 무리가 있지."

장문인의 입가에 미소가 맺혔다.

"운비는 죽지 않았습니다."

"그게 무슨 소리인가?"

벽천 진인과 벽공 진인은 장문인의 뒤이은 말에 눈을 휘둥그레 떴다.

"운비는 이미 저를 뛰어넘었습니다. 양의심법과 면장을 홀로 정리했던 아이입니다. 그런 녀석이 이렇듯 흔적도 없이 허무하게 죽었다고요?"

"저, 정말인가?"

벽공 진인과 이학인의 얼굴이 괴상하게 변했다.

비통함에 환희가 뒤섞인 탓에 평소의 근엄함이나 자애로운 표정은 찾아볼 수가 없었다.

"일부러 죽음을 가장한 것이겠지요. 녀석은 해야 할 일이 있거든요."

"해야 할 일이라니?"

장문인은 구궁무저관에 관한 이야기를 빠르게 전했다.

벽천 진인은 한달음에 절벽의 끄트머리로 몸을 날렸다. 하나 제아무리 외천삼호의 수호자라고 해도 짙은 안개와 칼바람을 견뎌내기란 요원했다.

"진정 이 아래로 내려갔단 말인가?"

벽공 진인은 절벽과 거리를 두었음에도 눈을 가늘게 뜨며 손으로 얼굴을 가렸다.

"현현전의 기록으로 보자면 외천으로 내려가는 것은 불가능합니다."

"사부님! 제운종! 제운종이 있지 않습니까?"

이학인의 외침에 벽공 진인은 탄성을 흘렸다.

"제운종!"

오래전 무당파가 성세를 이뤘던 시절 장문인과 검천위를 비롯한 극소수에게만 전해지던 경공이라면 충분히 가능했다.

벽천 진인은 절벽에 선 채로 나직이 읊조렸다.

"그렇다면 녀석은 천위가 되어서 돌아오겠군."

장문인이 뒤이어 한 마디를 보탰다.

"그날 봉문을 풀고, 천하에 무당이 건재함을 알리겠습니다."

第二章

비사(秘事)

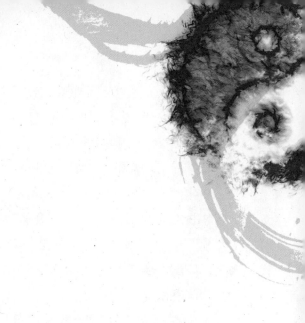

　군웅회는 오랜만에 열린 축제답게 성황리에 막을 내렸다.
그러나 태상이 목표로 했던 일들은 더욱 성황리에 끝을 맺
을 수 있었다.

　제갈세가가 비밀리에 운영하던 암중세력들은 모두 제거
됐고, 암암리에 불만을 토로하던 중소방파들은 여러 이유로
봉문을 하거나 멸문했다.

　태상은 수하들의 보고를 받으며 처음으로 화색을 띠었
다. 이제야 오롯이 자신이 원했던 완전무결한 맹주가 된 것
이다.

　보고를 끝낸 수하들이 하나둘씩 돌아갔다.

태상이 앉아 있는 단상 아래에는 붉은빛을 띠는 비단이 길처럼 늘어진 상태였다. 본래 맹주전은 살수를 방비하기 위해 특별한 경우를 제외하면 가구를 놓지 않게 되어 있었다. 그렇기에 금로(錦路)는 태상의 명령 하에 특별하게 설치된 것이다.

태상은 물끄러미 금로를 따라 시선을 옮겼다.

언제고 자신이 발을 내딛는 모든 장소에 금로를 깔고 싶었다. 그 말은 곧 그가 천하일통(天下一統)을 꿈꾸는 것과 다르지 않았다.

한데 태상의 시선은 맹주전을 벗어나기도 전에 멈춰야 했다.

금로 위에 서 있는 제갈수련 때문이다.

화색이 가득하던 태상의 얼굴에 불만이 드리워졌다.

제갈수련은 목석을 조각해놓은 것처럼 감정을 드러내지 않았다.

그저 독기 가득한 눈빛을 연방 흘려낼 뿐이다.

'크흠! 결국 저것도 정에 끌리는 겐가?'

제갈수련의 변화는 적운비로부터 비롯됐음이 분명했다.

이미 이중을 통해서 두 사람 사이에 일어났던 일을 모두 보고받지 않았는가.

사실 태상은 적운비의 죽음을 접했을 때 별다른 감정의

변화를 보이지 않았다. 그저 귀찮게 주변을 날아다니던 날파리를 잡았을 때와 마찬가지였다.

한데 제갈수련은 그렇지 않았나 보다.

처음엔 사람이라면 그럴 수도 있겠다는 생각에 못 본 척했다.

무당의 일을 처리한 공으로 무마해줄 생각이었다.

그러나 제갈수련의 저런 모습은 벌써 며칠째 이어지고 있지 않은가.

불현듯 제갈치광에 대한 아쉬움이 뇌리를 스쳤다.

그놈은 정에 끌리지 않는 대신 머리가 부족했다.

어쩔 수 없이 제갈수련을 후계자로 삼아 일을 맡겨왔다. 한데 제갈수련의 표정을 보아 하니 감정이 이성을 위협하고 있음이 확실했다.

원래부터 애정이 아니라 대용품으로 키워왔던 핏줄이 아니던가.

태상은 잊고 있던 존재를 떠올렸다.

'소소를 다시 불러들일까?'

제갈수련이 생각 이상으로 잘해왔기에 지금껏 잊고 지냈었다. 그저 제갈수련을 자극할 수 있는 계기 정도로 여겼던 것이 사실이다.

하지만 제갈수련이 행여 망가진다면 대용품은 제갈치광

이 아닌 제갈소소가 되어야 할 터였다.

"맹주께서는 이제 어찌할 요량이신지요?"

태상이 훗날을 도모할 때 제갈수련은 오늘의 일을 물어왔다. 한데 그녀의 갑작스러운 변화에 태상은 눈을 가늘게 뜨며 의미심장한 표정을 지었다.

"천룡맹을 완벽하게 손에 넣었으니 다음 단계로 넘어가야 하지 않겠느냐?"

제갈수련의 표정은 여전했다. 하지만 뭐에 홀린 것처럼 평소보다 스산한 어조로 말을 이었다.

"아직 완벽하지 않습니다."

태상의 입꼬리가 슬며시 올라갔다.

"천룡맹은 내 뜻대로 돌아갈 것이다. 이제 남경의 양 대인이 교지만 받아낸다면 대계는 착오 없이 진행될 터, 너는 어째서 완벽을 부정하느냐?"

"남궁세가가 기울었다지만, 본가의 발목을 잡아챌 정도는 됩니다. 또한, 교지가 나오기 전까지는 섣불리 외부에 대계를 논할 수도 없습니다. 게다가 천괴의 무학은 이제 실마리를 잡았을 뿐 명확한 실체는 판별하지 못한 상태가 아닙니까?"

태상은 제갈수련의 반발을 즐겼다.

시키는 대로만 하는 인형은 필요치 않다. 오히려 자신을 보완할 수 있는 존재가 되어야 대용품이라 할 수 있지 않겠는가.

그는 기쁨과는 반대로 노기를 드러내며 말했다.

"가주조차 정하지 못한 남궁이다. 또한 양 대인을 필두로 황궁의 실력자 중 다수가 나와 연을 맺었다. 교지는 시간문제일 뿐! 무엇보다 천괴의 무학은 네가 직접 옥녀봉에서 찾아낸 것이 아니더냐. 그의 은신처에서 무론을 구했으니 정립하는 것 또한 시간문제가 아니겠느냐?"

제갈수련은 공손한 자세로 손을 모았다.

"제갈세가의 후계자이자, 천뇌각의 각주로서 드리는 말씀입니다. 지금은 더욱 냉철하게 주변을 살피고, 경계해야 마땅한 듯싶습니다."

"네 말이 옳다. 그렇다면 해결책도 있으렷다?"

태상의 느긋한 한 마디에 제갈수련은 고개를 끄덕였다.

"있습니다."

"듣고 싶구나. 한데 그 전에 묻고 싶은 것이 있다."

태상은 솔직하게 자신의 심경을 전했다.

"나는 네가 더 이상 쓸모가 없을 것이라 여겼다. 한 번 망가진 것은 고쳐도 다시 망가지기 때문이지. 그런데 마음을 바꿔 먹은 이유가 있더냐?"

제갈수련의 입꼬리가 올라갔다.

하나 웃음은 입가에서만 머물 뿐, 눈빛은 여전했다.

"하지 않으면 안 되니까요."

"흐음."

"이제 누구도 멈출 수 없을 겁니다."

태상의 입가에 진한 미소가 맺혔다.

"클클, 할아버지라 불러도 좋다."

제갈수련은 예를 표하며 한 마디를 남겼다.

"어찌 맹주께 사사로운 호칭을 붙일 수 있겠습니까."

그렇게 맹주전의 문이 닫혔다.

          *   *   *

구궁무저관의 입구가 닫혔다.

완벽한 외부와의 단절.

야명주가 흘려내는 희미한 빛이 전부였지만, 두려움이나
긴장감은 전무했다. 오히려 심신이 안정되며 요람에 들어선
것처럼 편안하기만 했다.

벽에 새겨놓은 경전의 글귀 때문일까.

마치 현현전의 서가를 거니는 듯한 기분이 들었다.

하지만 느긋하게 걸음을 옮기던 것도 잠시였다.

구궁무저관으로 향하는 통로라고 생각했던 길이 끝없이

이어졌기 때문이다. 높이와 넓이가 불규칙한 미로 속에서 느긋함을 유지하기란 어려운 일이었다.

한데 그것만으로는 해결되지 않는 의문이 존재했다.

'구궁무저관이라면 어딘가 목적지가 있어야 하잖아? 도대체 관의 끝이 어디지?'

적운비는 잠시 걸음을 멈추고 생각에 잠겼다.

'검천위는 구룡검제와 함께 천괴를 유인했어. 그리고 세 명이 이곳에 들어왔을 거야.'

주변을 살펴보았지만, 어디에서도 싸움의 흔적은 발견할 수가 없었다. 오래된 바위가 이끼와 이슬의 힘으로 상처를 감추는 것과는 다르다. 이곳에는 무엇보다 바위의 표면에 경전이 새겨져 있지 않은가.

글자는 낡았을지언정 훼손되지 않았다.

적운비는 경공까지 펼치며 내달리기 시작했다.

일단 구궁무저관의 구조를 파악할 생각이었다.

겉으로 크게 돌며 넓이를 짐작했고, 평범한 통로가 아닌 곳을 찾으려 했다.

그리고 배가 고플 무렵 적운비는 수십 명이 들어설 수 있는 공동(空洞)을 마주하게 되었다.

공동의 천장에는 일곱 개의 야명주를 박아 넣었고, 벽에는 팔괘를 상징하는 문양과 글귀를 새겨 놓았다.

그러나 특별한 것은 찾지 못했다.

아마 구궁무저관에 들어선 도인들이 생활하던 거주공간이 아닐까 싶었다. 그러던 중 적운비는 동굴 구석에서 살아남기 위해 필수적인 것을 찾아냈다.

바위와 바위가 맞물린 틈에서 한줄기의 물이 흘러내리고 있었다. 물이 흐르는 좌우에는 이끼를 비롯해 정체 모를 버섯들이 가득했다.

적운비는 냇가 옆에 놓인 항아리들을 살폈다.

분명 벽곡단을 비롯한 영약이 들어 있을 확률이 높았다.

하지만 항아리 안에는 썩거나, 녹아버린 벽곡단의 흔적으로 가득할 뿐이었다.

'벽곡단이 썩었을 정도로 세월이 흘렀구나.'

적운비는 냇물로 입을 축인 후 다시 걸음을 옮겼다.

한참을 걷던 적운비는 익숙한 지형을 마주하게 되었다.

구궁무저관의 입구로 다시 되돌아온 것이다.

적운비는 굳게 닫힌 문을 마주하고는 헛웃음을 흘렸다.

"설마?"

구궁무저관의 테두리는 커다란 원을 그린다.

한데 적운비가 처음 걸었던 곳은 원의 중앙을 지나는 길이었다. 그리고 그 길은 물결처럼 휘어져 있었고, 처음 발견한 공동은 아래쪽으로 휜 길의 윗부분에 존재했다.

자연스럽게 떠올려지는 문양이 있었다.

적운비는 발길을 돌렸다.

자신의 예상대로라면 처음 발견한 공동과 대칭되는 지점에 또 다른 공동이 나타날 것이 분명했다.

한참 동안 미로를 헤맨 적운비는 길의 끝에 나타난 두 번째 공동의 입구를 보고 헛웃음을 지었다.

"태극이로구나."

한데 기분 좋은 웃음은 조금씩 자취를 감췄다.

공동은 첫 번째나 두 번째나 비슷한 크기였다.

그리고 냇가가 흘렀고, 이끼와 정체 모를 버섯들도 가득했다.

한데 이곳은 첫 공동처럼 아늑하지 않았다.

벽은 거대한 맹수가 할퀸 것처럼 긁힌 자국으로 가득했고, 포탄이라도 맞은 것처럼 사방이 움푹 패여 있었다.

그리고 그 아래 무릎을 꿇은 누군가의 유해(遺骸)가 자리했다.

적운비는 유해가 걸친 복장을 보고 침음을 흘렸다.

"아……."

닳고 낡아서 해진 옷은 책에서 보았던 진무의(眞武衣)로 여겨졌다. 머리의 팔괘건과 그 위에 쓴 천지관 또한 확인했다. 그리고 그 옆에는 검신(劍身)에 소나무를 새긴 한 자루의 검이 반쯤 박혀 있었다.

모두 무당의 제자, 그중에서도 지고(至高)의 자리에 오른 자만 사용하는 장비가 아닌가.

팔괘건과 천지관, 진무의는 진무제 당시 장문인이 착용한 것을 확인했던 기억이 있다.

하나 땅에 반쯤 박힌 검은 서책이나, 족자의 그림을 통해서나 접할 수 있었던 법기였다.

송문고검(松紋古劍).

그것은 검천위의 상징이었다.

'천학 진인께서 이곳에······.'

적운비는 복장을 살핀 후 손을 모았다.

그리고 멀찍이 떨어진 곳에서 대례를 올렸다.

고개를 조아린 그는 한참 동안 몸을 일으키지 않았다.

검천위라 불리며 천하를 호령했던 분이 아닌가.

그런 그가 강호를 위해 모든 명예를 등지고 쓸쓸히 잠든 곳이다.

어찌 잠깐의 예로 인사를 끝마칠 수 있겠는가.

"하아······."

적운비는 장탄식을 하며 몸을 일으켰다.

그토록 찾아 헤맸던 검천위가 눈앞에 있거늘 쉽사리 걸음을 옮길 수가 없었다. 행여 검천위가 남겼을 단서나, 흔적이

훼손될 수도 있었기 때문이다.

적운비는 발끝으로 조심스럽게 걸음을 옮겼다.

첫 공동과 달리 이곳은 바닥에 청석까지 깔려 있었다.

분명 입관자를 위한 수련 장소였으리라.

하지만 청석의 대부분은 가루가 되거나, 형체를 알아볼 수 없을 만큼 깨진 상태였다.

'그래서 그런가? 왠지 모르게 답답하구나.'

머리가 띵하고, 가슴은 먼지를 마신 것처럼 답답하다.

적운비는 검천위의 유해를 앞에 두고 다시 한 번 절을 했다. 그런데 고개를 드는 그의 시야에 검천위가 남긴 것으로 보이는 글씨가 보였다.

깊이와 넓이가 제각각인 글씨였다.

마지막 힘을 짜내서 남긴 유언이었다.

나는 그를 죽일 수 있었다.

하지만 그가 된 이상 그러지 못했다.

역천(逆天)을 자행할 그를 탓하지 마라.

이제 그가 저지른 모든 죄는 나의 업보인 게다.

부디 항마(降魔)의 뜻이 장구(長久)하게 이어져 만륜(萬輪)하기를 바라노라.

적운비는 고개를 갸웃거리다가 한순간 눈을 부릅떴다.

죽음을 목전에 두고 거짓을 남길 리가 없지 않은가.

그렇다면 두 줄의 글귀가 뜻하는 바는 자명했다.

'검천위는 실패했고, 천괴는 탈출했다고?'

적운비는 혀를 내두르며 연방 고개를 내저었다.

천괴의 악명과는 별개로 그의 능력만은 인정하지 않을 수가 없었다. 그래도 천괴가 탈출했다지만, 지금껏 강호는 평온하기만 했다. 비록 겉으로 보이는 현상에 불과했지만 말이다.

항마와 만륜의 의미는 알 수 없었지만, 검천위의 바람이 이뤄졌다는 증좌가 아닐까 싶었다.

'죽었겠지.'

적운비는 내심 안도하며 검천위의 유골을 수습하기 시작했다. 벽곡단이 들었던 항아리를 비우고 그 안에 조심스럽게 안치했다.

'여기보다는 다른 공동에서 잠드시는 것이 훨씬 더 편안하실 거야.'

적운비는 항아리를 품에 안고 공동을 나섰다.

하지만 그때는 몰랐다.

검천위가 지칭하는 '그'라는 존재의 정체를 말이다.

　　　　*　　　　*　　　　*

　천룡맹은 군웅회를 끝으로 명실공히 사태천의 한자리를
인정받았다.

　이러니저러니 해도 강호의 주축은 무인들이니만큼, 지자
출신의 태상은 구설수가 많았다.

　그러나 사태천의 사절단은 물론이고, 황실의 고위 관료까
지 군웅회에 참석하지 않았던가.

　태상은 며칠 동안 주요 문파의 장들과 면담을 가졌고, 향
후 천룡맹의 운영에 관한 기틀을 마련했다.

　하지만 그 모든 것에서 소외된 한 사람이 있었다.

　바로 남궁세가주 남궁신이다.

　무당파가 몰락한 이상 천룡맹의 양대 축은 제갈세가와
남궁세가일 터였다.

　태상은 천룡맹주가 된 후 남궁세가주에게 맹의 장로들을
통솔하는 장로원주의 자리를 주었다.

　맹주를 견제할 수 있는 유일 집단이 바로 장로원이다.

　강호인들은 태상의 배포를 칭송했다.

　하지만 실상 장로의 팔 할 이상이 태상의 수족을 자처하
고 있었다. 그러니 남궁세가주는 허울뿐인 명예를 지닌 채
불만조차 토로할 수 없는 상황이었다.

그렇게 보낸 시간이 열흘이다.

남궁신은 태상과의 독대가 받아들여진 것에 차라리 안도할 지경이었다.

하나 그것도 잠시였다.

"이건 너무 심하지 않습니까?"

남궁신은 호위인 시황의 말에도 침묵을 지켰다.

하지만 그의 표정 역시 불만과 짜증이 가득했다.

벌써 반 시진째다.

태상은 남궁신의 인내심을 시험하기라도 하는 것처럼 끝끝내 모습을 보이지 않았다.

"가주."

"응?"

시황은 잠시 머뭇거리다가 입을 열었다.

"사실 외단주의 시비들이 떠들던 소리를 들었습니다. 확인할 수가 없어서 말을 아꼈는데……."

"뭔데 그래?"

"외단주께서 삼 일 전 태상과 독대를 했답니다."

남궁신의 미간이 일그러졌다.

"숙부가 태상을 만났다고? 그런 소식은 듣지 못했는데……. 확실한 거야?"

멀뚱히 자리를 지키던 웅표가 대꾸했다.

"삼경에 뒷문을 통해서 들어갔답니다. 분명히 맹주에게 굽실거렸을 겁니다. 잘 봐달라고요."

남궁신은 눈을 가늘게 뜨고 조소를 흘렸다.

"누구를 죽여 달라고 했을까?"

현재 남궁세가는 세 개의 파벌로 나뉜 상태였다.

명분을 지닌 쪽은 남궁신을 중심으로 한 젊은 파벌이다.

반면 힘을 지닌 쪽은 남궁신과 함께 천룡맹에 온 남궁보라는 장로였다. 남궁신의 아비이자, 전대 천룡맹주였던 남궁세가주의 동생으로 외단주를 맡았던 무인이다. 그가 가주 사후 외단 무인들을 이끌고 남궁신과 대립하는 것이 현재 남궁세가의 상황이었다.

만약 세 번째 파벌이 없었더라면 두 파벌은 이미 한참 전에 가주의 자리를 놓고 전면전을 벌였을 것이다.

남궁신과 남궁보를 견제할 수 있는 유일한 존재.

바로 장로원주 남궁경이다.

세가의 큰 어른인 그가 장로원을 이끄는 이상 남궁신과 남궁보는 섣불리 일을 벌일 수가 없었다.

남궁경의 목적은 오직 하나, 남궁세가가 이전처럼 천룡맹의 핵심이 되는 것이다. 그리고 그걸 이뤄낼 수 있는 존재에게 가주 자리가 돌아가야 마땅하다고 여겼다.

"아무래도 장로원주가 아니겠습니까? 가주를 직접 노리

는 건 천룡맹에서도 꺼림칙할 테니까요.”

“장로원주에게 문제가 생기면 장로들은 외단주에게 줄을 댈 가능성이 높습니다. 외단주라면 그들의 권익을 보호해 줄 테니까요.”

남궁신은 침음을 삼켰다.

태상을 만나기 전에 접했던 정보가 원인이었다.

무당파가 봉문했고, 그 과정에서 적운비가 죽었다는 정보였다. 남궁세가주의 입장에서는 제갈세가를 함께 견제할 무당파의 봉문은 뼈아팠다.

하지만 남궁신에게 적운비의 죽음은 그 손해를 헤아릴 수 없을 정도였다.

구룡검제의 단서를 전해줄 유일한 희망이 아닌가.

그라면 구룡검제의 유진을 얻었을 때 결코 욕심을 내지 않을 것이라 믿어왔다. 그렇기에 도움을 청했을 때 들어주었고, 담보 없이 함께하기로 결심했던 것이다.

‘그 녀석이 그리 쉽게 죽을 리가 없지. 나보다 강한 녀석이야. 게다가 태상의 포위망을 무당 제자들까지 데리고 돌파하지 않았던가.’

마음으로는 부정했으나, 나쁜 생각이 드는 것까지 막을 수는 없었다.

그 순간 문밖에서 발소리가 들려왔다.

"조용히 해."

아니나 다를까 마침내 태상이 등장했다.

태상은 벽촌의 학사나 입을 법한 평범한 옷을 입고 있었다. 저 부드럽게 흰 눈썹과 눈매, 인자한 미소가 맺혀 있는 입꼬리를 보라.

남궁신은 그런 태상의 모습이 더욱 두려웠다.

'아직도 가질 게 남은 것인가?'

게다가 태상의 얼굴에는 인자함만 가득할 뿐 미안한 기색은 찾을 길이 없었다.

"밥은 먹었는가?"

사과를 대신할 말은 아니지 않은가.

하나 남궁신은 태상을 탓하는 대신 빙긋 웃으며 대꾸했다.

"천룡맹의 곳간은 먹을 것으로 넘쳐난다더니, 과연 맛좋은 음식만 나오더군요. 며칠 동안 아주 포식했습니다."

태상은 남궁신의 능글맞은 대꾸에 입꼬리를 올렸다.

사람을 모을 줄만 알고 쓸 줄은 모르던 애송이가 조금은 성장한 듯 보였나 보다.

"좋았다니 다행이군. 그래, 내게 독대를 청한 이유가 무엇인가? 설마 맹주 취임을 축하한다는 안부 인사나 하려는 것은 아니겠지?"

"……."

남궁신은 잠시 할 말을 잃었다.

맹주 취임과 더불어 군웅회의 성공적인 개최를 축하하기
위한 자리가 아니던가.

태상은 어리둥절해하는 남궁신을 보며 혀를 찼다.

"쯧쯧, 세가의 장이 되어야 할 사람이 이처럼 어수룩해서
야……."

웅표가 눈을 치켜뜨더니 앞으로 나섰다.

"이미 가주십니다."

첫 대면부터 남궁신을 무시하는 태상의 언행에 참다못해
나선 것이다.

시황이 웅표를 밀어내며 허리를 숙였다.

"죄송합니다. 힘쓰는 것만 아는 놈인지라……."

하나 태상은 여전히 남궁신을 응시할 뿐이다.

결국 남궁신이 묵례를 했다.

"수하의 무례를 사과드립니다."

태상은 다시 한 번 고개를 내저었다.

"쯧쯧, 소소 그 아이도 무뎌졌군."

남궁신의 눈매가 슬쩍 일그러졌다.

태상은 개의치 않고 말을 이었다.

"자네의 능력을 믿은 모양인데, 아직은 한참 부족해. 강

호는 칼 한 자루로 살아갈 수 있지만, 문파의 장이라면 그것만으로는 안됨을 모르는가?"

남궁신은 기세에서 완전히 밀렸음을 인정하지 않을 수가 없었다.

"고견을 청합니다."

"문파란 결속력으로 대변되는 것일세. 품을 수 있으면 똥도 품어야 하고, 품을 수 없다면 보물이라도 쳐내야 하는 법이지. 하지만 자네는 지난 몇 년간 무엇을 했지?"

"문파를 안정시키고, 세가원들을 다독이며……."

태상이 고개를 내저었다.

"내가 천룡맹을 노리고, 불순 세력을 쳐내는 동안 제갈세가에 대적할 수 있는 유일한 세력! 남궁세가는 무엇을 했는지 묻는 것일세."

남궁신은 대꾸하지 못했다.

비록 정혼자의 조부라고는 하나 남궁세가의 주인이 될 사람으로서 수치심이 치솟은 것이다. 지난날의 남궁신이라면 이미 자리를 박차고 일어났을 게다.

하나 그는 성장했다.

어른이 되어 버린 것이다.

게다가 적운비의 생사를 확신할 수 없는 상황에서 극단적인 모습을 보일 수는 없었다.

그렇기에 태상의 말을 끊지 못했다.

"지금 자네가 가장 먼저 해야 할 일은 남궁보를 쳐내는 일이지. 한데 남궁보가 먼저 움직이더군. 남궁보는 인맥과 자금을 동원해서 나와의 독대 자리를 만들었네. 자네가 자존심을 따지고 격식을 따지는 동안 말이지."

남궁신의 눈동자가 한순간 번뜩였다.

"제게 주실 것이 있군요."

태상은 그제야 옅은 미소를 지었다.

"클클, 적당히 딱 좋군."

두 사람의 대화는 마치 평가를 받는 것처럼 보였다.

"남궁경은 짐짓 공정한 것처럼 보이지만, 명분만 생기면 마다할 위인이 아니야. 그러니 남궁보만 없어지면 자네가 세가를 장악하는 것은 그리 어렵지 않을 거야."

"맞습니다."

"내가 남궁보와 그 세력을 처리해주겠네."

남궁신의 미간이 눈에 띄게 일그러졌다.

태상의 말은 곧 남궁세가의 일에 개입하겠다는 뜻이 아닌가.

"오해하지 말게. 소소와 혼인을 하면 우리는 한집안이 아닌가. 손녀사위를 위한 예물 정도라고 생각하면 되네."

남궁신은 호흡을 가다듬었다.

태상은 웃는 낯으로 끊임없이 자신을 살피고 있었다. 지금 화를 내고 자존심을 세우는 것은 참으로 쉬운 일이다. 하지만 그런다고 해서 상황이 나아지지 않는다는 것쯤은 이미 여러 차례 경험하지 않았는가.

"어떤 식으로 해결을 하실 요량이신지요?"

태상의 웃음이 더욱 짙어졌다.

남궁신의 대응을 쓸 만하다고 여긴 것이다.

"자네도 천룡맹의 행보에 관한 소문은 들었겠지."

"네. 군웅회를 통해 천룡맹의 힘을 하나로 모았으니 조만간 비축된 힘을 바깥으로 돌리지 않겠냐는 소문 말이지요. 그 대상은 거리나 관계를 보더라도 사도련이 될 가능성이 농후하겠고요."

태상은 긍정도, 부정도 하지 않았다.

그저 반문할 뿐이다.

"자네 생각은 어떠한가?"

남궁신은 대답을 아꼈다.

적운비를 탈출시키는 과정에서 접한 정보가 있지 않은가. 적운비 한 명을 잡기 위해서 태상이 동원한 전력은 상상을 초월했다.

드러난 것보다 숨기고 있는 세력이 더 많다는 뜻이다.

"맹주께서 질 싸움을 하실 분은 아니지 않나요?"

태상은 고개를 내저었다.

"그걸 물은 것이 아니야. 문파의 장이 결심을 했다면 그 일은 반드시 이뤄져야 하네. 안 될 일이라면 애초에 결심을 하면 안 되지. 내가 묻는 것은 과연 사도련이 천룡맹의 목표가 맞는가 하는 것이야."

"……"

남궁신은 대꾸하지 못했다. 아니 대꾸하지 않았다고 하는 것이 옳으리라. 태상과 대화를 하면 할수록 왠지 모르게 수렁 속으로 빨려가는 느낌을 받았기 때문이다.

"큰 사람이 되려면 크게 봐야 하네. 우리가 사는 세상은 강호가 전부는 아니라네."

짚이는 것이 있었다.

천하를 움직이는 세력은 강호인들을 제외하면 황궁과 관부가 유일하지 않은가.

하지만 이번에도 대꾸하지 않았다.

태상은 남궁신의 반응을 즐기듯 여유롭게 말을 이었다.

"새 왕조가 문을 열고, 강소성 남경에 터를 잡았네. 천하는 사태천의 존재로 어느 정도 안정이 됐으나, 외세의 침공은 매일같이 이어지고 있는 형국이지."

"그렇습니다."

"그래서 태조는 자식들을 번왕으로 삼아 국경의 방어를

맡겼네. 그중 북방의 번왕은 이민족의 침입을 수십 번이나 막아냈지. 한데 수년 전의 전쟁이 문제였어. 북동의 달단과 북서의 위랍특이 동시에 장성을 넘으려 했지. 그 수가 무려 십만에 이르렀네."

"번왕이 패천성의 무인들과 힘을 합쳐 몰살을 시켰다고 들었습니다."

태상은 고개를 끄덕였다.

"이겨도 너무 이겼던 거지. 남경의 관리들은 번왕들의 권력을 축소시켜야 한다고 매일같이 상소를 올리는 형국이야. 한데 북방의 번왕은 견제 정도로 끝내기에는 너무 커버렸어."

남궁신은 그제야 모든 것을 이해할 수 있었다.

남경의 권신들은 북방의 번왕을 없애고 싶은 게다. 하지만 패천성이라는 존재가 걸림돌로 작용했다. 그래서 패천성과 상대할 수 있는 천룡맹을 끌어들인 것이다.

'맙소사! 태상은 패천성에 역모죄를 씌우고 홀로 정파의 지도자로 군림할 생각이로구나!'

태상이 천하를 대상으로 그리고 있는 그림에는 그야말로 경악하지 않을 수가 없었다.

남궁신은 눈을 부릅뜬 채 말을 잇지 못했다.

이것은 남궁보를 처리하는 단순한 문제가 아닌 것이다.

그러고 보면 사도련과 일전을 벌인다는 소문 또한 태상의 수작이 아닌가 하는 의심이 일어났다.

'어디서부터 어디까지 진실인 건가?'

그 순간 남궁신은 천룡학관에 입관한 사도련의 소련주를 떠올렸다. 황궁과 천룡맹의 동맹에 사도련까지 개입되어 있을 수도 있다고 생각하니 정신이 아찔했다.

"자! 손녀사위가 될 자네에게 모든 것을 알려주었네. 이제는 어쩌려는가?"

태상의 물음은 온건히 자신의 품으로 들어오라는 말과 같았다. 즉, 제갈세가가 남궁세가를 품겠다는 말과 상통했다. 하지만 제아무리 남궁신이 급박하다고 해도 이런 제의를 승낙할 이유가 없지 않은가.

그리고 태상이 그것을 모를 리 없었다.

'설마……'

남궁신은 조심스럽게 반문했다.

"만약 이 계획을 제가 사람들에게 알린다면 어쩌실 겁니까? 아직까지 패천성은 정파의 한 축이 아닙니까."

태상은 빙긋 웃으며 손을 흔들었다.

그 순간 남궁신이 들어온 문이 소리 없이 열렸다.

'누가 문을 연 거지?'

남궁신이나 수하들은 기척조차 느끼지 못한 사이에 벌어

진 일이었다.

"가서 알리게. 하고 싶은 대로 해도 막지 않겠네."

이제는 정신이 혼미할 지경이었다.

남궁신은 아랫입술을 강하게 깨물었다. 비릿한 핏물이 입 안을 채우는 순간 잠시나마 정신을 차릴 수 있었다.

"하나만 더 묻고 싶습니다. 정말 소소 때문에 이 모든 일을 벌이신 겁니까?"

태상은 상체를 앞으로 숙이며 의미심장한 웃음을 지었다.

"그럴 리가 없지 않은가."

"하면 어째서?"

"자네에게는 이것을 막을 수 있는 방법이 단 하나도 없기 때문이지. 왜냐하면 자네는 지금 가지고 있는 것을 지키는 것만으로도 힘겨워 보이거든."

남궁신은 그 순간 온몸에 소름이 돋는 것을 느꼈다.

이것은 경고다.

이 일이 밖으로 퍼질 경우 태상은 황궁을 등에 업고 남궁 세가를 칠 것이다.

그럴 경우 태상이 보는 손해는 적지 않다.

하지만 남궁세가는 멸문이다.

결코 비교할 수 없는 가치였다.

그러니 결국 태상의 말은 남궁보를 처리해 줄 테니 굳이

나 보고 떡이나 먹으라는 소리나 다름없었다.

　동시에 남궁세가는 자연스럽게 제갈세가의 휘하로 들어갈 것이다.

　단 한 번도 겪어보지 못했던 수치심이 들끓어 올랐다.

　하지만 남궁신은 끝끝내 속내를 드러내지 못했다.

　'크흑! 이 찢어 죽일 늙은이!'

第三章

파문 제자들

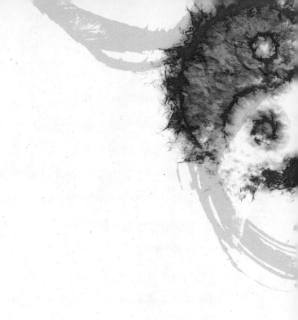

누군가를 잊는 방법에는 여러 가지가 있다.

다른 집중할 무언가를 찾든가, 또 다른 누군가를 찾아 추억하는 것이다.

여기에 전자의 방법을 택한 이들이 있었다.

소대령과 북풍.

그들은 북두천강검진에 매진했다.

이미 하루의 대부분을 수련으로 보내던 녀석들이 아니던가.

하지만 적운비의 사망 소식이 전해진 이후 그들은 휴식도 반납한 채 수련을 이어가고 있었다.

울기도 했고, 원망도 했다.

힘이 없음에 자책하기도 했다.

그러나 그들은 오늘도 검을 휘두른다.

할 수 있는 것을 할 따름이다.

이 모든 것은 마지막으로 검진에 합류한 석생의 공이 컸다. 벽천 진인의 추천을 받아 기적적으로 용호적문을 넘을 수 있게 된 그였다. 삼대 제자들이 아직 정식으로 도적에 오르기 전이라 가능한 일이었다.

석생은 북두천강검진에 합류하고자 했다.

이미 또래에 비해 배움의 시기가 늦은 그였다.

그렇기에 그는 기본기를 중시하는 천강검법과 천강심법을 익혀야만 했다. 그렇지만 석생은 북두천강진을 수련하는 제자들 사이에 끼일 수 있게 되었다.

북두천강진을 수련하는 제자들의 숫자는 사십여 명에 육박했다. 본래 예하제자들만 익혔지만, 검진의 위력이 알려지면서 늘어난 것이다.

본래 무당파가 운용하는 북두천강진은 삼 개 조다.

그러나 그만큼 익히는 자가 많기에 검진에 속하기란 그리 쉬운 일이 아니었다.

한데 무당파가 봉문을 선언한 이후 상황이 변했다.

제갈수련이 장담했던 것처럼 제자들의 이탈이 이어졌고, 그들과 관련한 속가의 지원이 끊기기 시작한 것이다.

어찌 보면 석생이 순조롭게 검진에 합류할 수 있었던 것은 봉문이 큰 역할을 했다.

한데 그의 합류는 큰 효과를 보였다.

적운비의 죽음을 통한 공감대 형성이 가장 컸고, 그로 인해 수련에 한층 가속도가 붙은 것이다.

그들은 할 수 있고, 해야만 하는 일에 전력을 다했다.

"일각 휴식!"

소대령의 말에 여섯 명의 제자들이 검을 거뒀다.

하나 휴식이라고 해서 널브러지거나, 제멋대로 움직이는 사람은 없었다.

그들은 북두칠성의 방위에 맞춰 국자 형태로 좌정했다.

잠시 후 검진의 후미를 책임지는 북풍이 나직한 어조로 도경을 읊었다.

그에 맞춰 제자들은 운기조식을 시작했다.

그들은 빡빡한 일정에 아무도 이의를 제기하지 않았다.

그저 억울하게 죽어간 적운비를 추모하기 위해 오늘도 수련에 매진할 따름이었다.

장문인과 벽천자는 멀찍이서 검진을 수련하는 제자들을 지켜봤다.

"장문 사제의 말이 옳았군."

"한마음을 지닌 아이들이 모이면 조금 더 나아지지 않을까 하는 마음에서 드렸던 말씀입니다."

하나 벽천자의 칭찬은 장문인을 기분 좋게 만들었다.

봉문한 이후 문파의 세는 눈에 띄게 기울었다.

제자들이 한둘씩 이탈할 때마다 마음 한구석이 찢기는 듯했다. 그리고 끝까지 함께 할 것이라 여겼던 제자가 떠났을 때에는 배신감에 진저리를 치기도 했다.

그러나 문파의 결속력은 오히려 강해졌다.

문파의 정신적 지주인 무당삼청이 여느 때보다 활기찼기 때문이다. 그렇기에 제자들은 흔들리지 않고 평소처럼 지낼 수 있었다.

무당삼청은 하루의 대부분을 적운비가 전한 양의심법과 무당면장을 해석하는 것으로 보냈다.

그들은 조금씩 실마리가 풀릴수록 비급의 대단함에 감탄을 금치 못했다. 그리고 이미 실존하는 무공에 접목시킬 수 있는 방안도 찾아냈다.

처음으로 활용된 것은 놀랍게도 천강공이었다.

북두천강진을 수련하는 제자들은 누구나 천강검법, 천강심법, 천강보법을 익혔다.

한데 기본기에 충실한 만큼 양의심법의 묘리와 어우러지는 부분이 있었던 것이다. 그렇기에 무당삼청은 알게 모르게 제자들에게 양의심법의 묘리를 전했다.

다만 비인부전이라 하지 않던가.

그렇기에 적운비와 친분이 깊고, 무당에 대한 애정이 깊은 제자들은 먼저 선별했다. 한데 그렇게 골라놓고 보니 대부분 북두천강진을 익히고 있는 제자들이 아닌가.

그때 장문인이 무당삼청에게 건의했다.

이렇게 된 이상 저들을 한데 모아서 하나의 검진을 만들자고 말이다.

그 덕에 소대령이 속한 검진의 구성원들은 한마음 한뜻으로 수련을 이어갈 수 있게 되었다. 그리고 열의가 가장 깊어서인지 양의심법의 묘리를 받아들이는 것도 매우 빨랐다.

"전할 수 있는 것은 모두 전했습니다."

"하루가 다르게 발전하는 아이들이니 기대가 크구려."

장문인이 조심스럽게 벽천자에게 말했다.

"그래서 저 아이들에게 맡기고자 하는 일이 있습니다."

"일을 맡겨요?"

벽천자가 고개를 갸웃거렸지만, 장문인의 입가에는 확신이 가득했다.

"하산시킬 생각입니다."

* * *

"너도 하산하냐?"

"집에서 계속 재촉을 하네."

삼대제자들의 일반적인 대화였다.

진예화는 그들의 대화를 한 귀로 흘리며 걸음을 내디뎠다.

앞으로도 저런 대화는 심심치 않게 들려올 것이고, 떠나는 사람들은 더욱 늘어날 것이다. 어찌 보면 가장 급하게 하산해야 할 사람은 그녀일지도 모른다. 그녀에게는 몰락한 표국을 일으키고, 가족을 돌봐야 할 의무가 있지 않은가.

하지만 그녀는 오늘도 연무장으로 향했다.

아직은 독보강호하기에 부족하다 여긴 것이다. 또 하나는 천룡학관에서의 생활이 원인이었다. 적운비로 인해서 무당 무학의 위대함을 알았고, 문도로서의 마음가짐을 바로잡았다.

물론 가장 큰 이유는 따로 있을 터였다.

'오래 기다리지 않을 거야.'

한데 연무장에는 선객이 자리했다.

스르륵!

비단이 바람에 너울거리듯 허공을 오가는 이가 있었다.

운해파동검법의 묘체인 만변과 광환이 연무장 전체에 드리워진다. 그러나 현란하던 움직임에 변화가 생기는 순간 분위기가 급변했다.

파파파팟!

허리춤에서부터 휘어져 나온 검기가 번뜩였다.

한 줄기 빛은 그야말로 일출을 재현한 것처럼 강렬했다.

조양검법이다.

무당파에서 저 나이에 조양검법을 저렇듯 완숙하게 펼칠 제자는 많지 않았다.

위지혁이다.

진예화는 잠시 아랫입술을 베어 물었다.

강하다. 분명 자신보다 윗줄이다.

아직은 갈 길이 멀게만 느껴졌다.

그녀는 말없이 돌아섰다. 다른 연무장을 찾으려는 게다. 한데 때마침 수련을 끝낸 위지혁이 진예화를 불러 세웠다.

"오랜만에 어때?"

진예화는 잠시 머뭇거렸다.

어린 시절에는 경박하고, 약삭빠른 녀석이었다.

그렇기에 관심을 가지지 않았고, 진무제 이후에도 내심 얕잡아 보던 것이 사실이었다. 하지만 지금은 명실공히 자신보다 한 수 위의 실력을 지니고 있지 않은가.

노력이라면 누구에게도 뒤지지 않는다고 여겼다.

녀석의 변화는 검을 겨뤄보면 더욱 강하게 느껴지리라.

스릉―

진예화는 검을 뽑았다.

"좋아."

하나 두 사람의 비무는 이뤄지지 않았다.

자소궁에서 소환령이 떨어진 것이다.

위지혁을 찾아온 이대 제자는 목소리를 낮추고 대화를 이어갔다. 진예화의 시선은 자연스럽게 연무장 밖을 향했다. 그곳에는 북두천강진을 수련하던 예하 제자들이 대기하고 있었다.

'어째서 저 아이들이?'

연무장 밖에는 북두천강진을 수련하던 예하 제자들이 대기하고 있었다.

진예화로서는 고개를 갸웃거릴 수밖에 없었다.

그도 그럴 것이 저들은 모두 적운비와 밀접한 관계가 있던 제자들이 아닌가. 왠지 모르게 저들이 모이게 된 호기심보다 자신이 제외된 이유가 궁금했다.

하나 이대 제자의 표정을 보면 섣불리 질문을 할 수 있는 분위기도 아니었다.

결국 그녀는 제자들이 떠나는 모습을 지켜봐야만 했다.

'내가……'

진예화는 아랫입술을 깨물며 연무장 중앙에 섰다.

무당파에서도 인정받지 못하는 사람이 강호에 나가서 가문을 일으킨다는 것은 어불성설이리라.

'더 강해지면 돼.'

*   *   *

"운비는 살아 있을지도 모른다."

위지혁을 비롯한 제자들이 고개를 번쩍 들었다.

"저, 정말요?"

소대령은 장문인의 말을 끊고 반문하는 무례를 저질렀다. 위지혁과 제자들은 말을 하지 않았을 뿐 소대령과 같은 표정이었다.

장문인은 잠시 벽천 진인과 시선을 교환했다.

제자들에게는 적운비의 생사에 관해 넌지시 언질만 주기로 이야기가 끝난 상태였다. 그도 그럴 것이 아무리 저들을 믿는다고 해도 가장 큰 고비가 남아 있었기 때문이다.

하지만 괜한 우려였나 보다.

적운비의 이름을 거론한 것만으로도 생기 가득한 눈동자들을 보라.

"운비는 중요한 일을 하고 있다."

장문인의 말에 위지혁의 입꼬리가 한없이 올라갔다.

그래, 당연한 거다. 단 한순간도 의심하지 않았다.

'네가 이렇게 죽었을 리가 없지!'

천룡맹의 한복판에서도 빠져나온 놈이 아닌가.

"어디 있습니까?"

장문인은 고개를 내저었다.

"아무도 모른다. 하지만 운비가 성공하면 무당의 미래가 바뀐다."

잠자코 있던 석생이 조심스럽게 말했다.

"제자들이 무엇을 하면 되는지요?"

다른 제자들에 비해 머리가 굵다 보니 생각 또한 깊었던 그였다. 그러니 장문인이 자신들을 부른 데에는 이유가 있을 것이라 여긴 게다.

"내가 아는 것은 운비가 아직 무당산 어딘가에 있다는 것이다. 하나 너희들도 알다시피 천룡맹의 주구들이 여전히 무당산을 헤집고 있다. 나는 운비가 돌아오려 할 때 그들보다 먼저 그 아이를 찾아 도움을 주고 싶구나."

한번 입을 떼니 속마음이 거침없이 흘러나왔다.

이미 몇 날 며칠에 걸쳐 고르고 고른 제자들이 아닌가.

적운비와 큰 인연이 있던 제자만 골라 천강북두검진에 몰아넣었다. 다행히 그들의 성취가 가장 뛰어나니 일석이조였다.

"그날 이후 우리들은 몇 번이나 대화했습니다. 운비가 그러했듯 우리들도 무당을 위해서 결코 물러서지 않겠다고요. 그

것이 무당을 위하는 길이라고 결심했습니다."

무당삼청도 알고, 제자들도 안다.

이 모든 대화의 바탕에는 적운비의 헌신이 깔려 있음을 말

이다.

그렇기에 장문인은 일말의 망설임이나, 죄책감 없이 한 마

디를 흘렸다.

"나는 너희들이 하산했으면 한다."

그 순간 놀라운 일이 일어났다.

무당파가 봉문한 이상 하산은 곧 파문이 아닌가.

문파에서 축출당한 무인은 강호에서 제대로 된 대접을 받

기 힘들었다. 파문은 의와 협을 배신한 것과 다르지 않기 때

문이다.

"하산하겠습니다!"

위지혁의 뒤를 이어 석생이 입을 열었다.

"제자 석생, 명을 따르겠습니다."

그 뒤로 북두천강검진의 구성원들이 입을 모아 하산을 결

의했다.

장문인은 담담하게 얘기했고, 제자들도 담담하게 받아들였

다.

오히려 가장 놀란 사람은 위지혁이었다.

'대령이라면 모를까, 다른 녀석들까지 한마음으로 운비를

따르고 있었다니……'

잠시 후 벽천자가 두 권의 서책을 꺼냈다.

적운비가 전한 양의심법과 면장을 무당삼청이 재편한 교본이었다.

"너희들은 오늘부터 이것을 익힌다."

"……"

벽천자가 담담한 어조로 말했다.

"경지가 일정 수준에 다다르면……"

장문인은 삼대제자들에게 고개를 숙이며 말을 덧붙였다.

"너희들을 파문할 것이다."

위지혁과 일곱 명의 제자는 대례를 올리며 한목소리로 읊조렸다.

"기꺼이 따르겠나이다."

＊　　　＊　　　＊

열흘가량이 흘렀다.

적운비는 싸움의 흔적이 역력한 공동의 입구에서 한참 동안 팔짱을 낀 채 생각에 잠겼다.

구궁무저관은 태극을 기본으로 하여 그 안에 미로처럼 좁은 길이 쉴 새 없이 얽힌 구조였다. 즉, 두 개의 공동을 제외하면 별달리 눈에 띄는 장소가 있을 리 만무했다.

그렇기에 적운비는 공동에서 많은 시간을 보냈다.

'분명 어딘가에 단서가 있어.'

사실 적운비는 구궁무저관을 찾는다고 해서 모든 일이 해결될 것이라 여기지 않았다.

하지만 지금은 단언할 수 있다.

검천위는 죽음을 각오하고 구궁무저관에 들지 않았던가. 천괴를 유인한 후 구궁무저관을 폐쇄하여 최악의 경우에는 동귀어진까지 염두에 둔 것이다. 그러면서도 후예들에게 구궁무저관의 위치를 알릴 안배는 잊지 않았다.

이처럼 꼼꼼한 사람이 자신의 무공을 남기지 않고 죽었을 리 만무했다.

그것도 죽음을 각오한 상태에서 말이다.

'분명 어딘가에 있을 것이야.'

이것은 구궁무저관의 초입에 적힌 혜검과는 별개였다.

태극혜검은 본래 구궁무저관에 존재하는 것이었고, 검천위는 그것 외에 반드시 남겨야 할 무언가를 어딘가에 남겼을 것이 분명했다.

적운비는 몇 시진이나 공동을 살핀 후에 돌아섰다.

구궁무저관에 들어왔다고 해서 수련을 게을리 할 생각은 없었다. 적운비는 검천위를 안치한 첫 번째 공동으로 돌아왔다.

일각의 휴식 후 수련이 시작된다.

다행히 천장이 높기 때문에 원하는 만큼 수련을 이어갈 수 있었다.

양의심법을 알고 있다고 해도 수련의 시작은 항상 건곤구공이다. 허공에 철구가 있다고 가정한 후 춤을 추듯 몸을 휘돌렸다. 그의 팔과 다리는 항상 원을 그렸고, 그것은 오롯이 태극을 형상화한 것이다.

그의 일과는 이처럼 일정했다.

이튿날 적운비가 눈을 뜬 곳은 공동이 아니었다.

그는 태극의 정중앙이라고 할 수 있는 장소에서 잠을 잤다. 이곳이 그의 처소가 된 것에는 특별한 이유가 존재했다.

처음에는 그저 평범한 길에 불과했던 것이 사실이다.

한데 어느 날 갑자기 벽에 새겨진 경전의 글귀가 눈에 들어왔다.

'정심경이 여기 왜?'

정심경(正心經)은 무당뿐 아니라 도인이라면 누구나 알고 있는 경전으로 정신을 맑게 하는 효능이 있었다. 그러다 보니 대부분의 도인들은 아침에 일어나면 정심경을 읊는 것으로 하루를 시작하곤 했다.

'정심경은 주변에 새겨진 경전에 비해서 너무 쉬운걸?'

그리고 이곳이 태극의 중심부라는 사실이 못내 마음에 걸렸다. 결국 적운비는 의아한 마음에 벽을 떠나지 못하고 한참의 시간을 보내야 했다.

그러던 중 놀라운 사실을 발견할 수 있었다.

천장의 바위틈으로 잠시나마 빛이 스며든 것이다.

그 빛은 일각 정도 반짝이다 사라졌다.

지금이 바로 정오인 셈이다.

그리고 여섯 시진 정도 시간이 흘렀다고 여겨졌을 때 다시 한 번 빛이 스며들었다.

정오에 스며든 빛보다 희미하다.

'자정!'

결국 적운비는 두 번의 빛을 통해 정오와 자정을 알게 되었고, 어느 정도 시간의 흐름을 인지할 수 있게 되었다.

매일 정해진 시간에 수련을 하던 적운비로서는 놀라운 발견이었다.

그렇게 이곳은 적운비의 처소로 결정됐다.

빛이 사라진 지 한 시진 정도가 흘렀다.

적운비는 밤이 되었음에도 좌정을 풀지 않았다.

'나라면 어떻게 했을까?'

눈으로 살펴서 찾지 못했으니 이제는 마음으로 살피려는 게다. 적운비는 검천위의 정보를 총망라한 후 그의 행동을 예측하려 했다.

천괴를 유인했던 공동은 아닐 것이다. 그렇다고 해서 미로 속에 숨기지도 않았을 게다. 검천위의 목적은 남기는 것이지, 숨기는 것이 아니기 때문이다.

무당의 제자라면 당연히 알아볼 수 있는 장소.

'내가 검천위라면 마땅히 그렇게 했을 거야!'

적운비는 첫 번째 공동으로 향했다.

공동은 반구의 형태를 하고 있었다.

구궁무저관의 미로는 자연적으로 생겼지만, 공동만은 유일하게 사람의 손길이 닿은 상태였다.

적운비는 공동을 돌며 벽을 매만졌다.

이미 몇 번이나 해봤지만, 부자연스러운 곳은 찾을 수가 없었다.

잠시 후 그는 천장을 응시하며 침음을 삼켰다.

'설마?'

하지만 결국은 확인할 수밖에 없었다.

적운비는 제운종을 극성으로 펼치며 몸을 날렸다. 벽을 박차고 날아오른 그의 신형은 한순간 공동의 천장에 이르렀다.

적운비는 미리 봐두었던 종유석을 움켜쥔 채 주변을 살폈다. 하나 이런 곳에 물건을 숨길 수 있을 리가 없지 않은가. 그는 종유석을 잡고 몇 번이나 몸을 날려서 확인했지만, 특이

점은 찾지 못했다.

'구궁무저관은 무당의 후예만 들어올 수 있어. 그러니 눈에 띄지 않게 하려는 이유는 단 하나, 천괴를 막지 못했을 때겠지. 그러니 그가 관심을 가지지 않을 만한 곳을 찾아야 해.'

적운비는 깨끗한 공동에 들어섰다.

이름 모를 버섯들과 냇물, 벽곡단이 든 항아리.

그리고 입관자의 마음을 다스릴 경전 몇 권이 전부였다. 지금껏 제목만 보고 지나쳤던 것들이다. 이미 머릿속으로 외운 경전이 아닌가.

하나 적운비는 경전을 펼쳐 세세히 살폈다.

'내용은 다 똑같아. 그런데 이건 표지가⋯⋯.'

몇 권의 서책을 읽은 후 새롭게 쥔 서책의 표지가 이상했다. 구궁무저관의 경전은 오랜 세월 비치할 요량으로 가죽을 엮어 만들어야 했다. 한데 표지가 다른 경전에 비해 두꺼운 것이 아닌가.

적운비는 조심스럽게 표지를 갈랐다.

그리고 그 안에서 유지에 쌓인 서찰을 발견할 수 있었다.

후인에게 고하노니⋯⋯.

바르고 힘찬 서체.

검천위가 남긴 마지막 기록이었다.

　강호를 떠돌며 구도하던 나날이 십수 년이다.
　이제는 강호가 아닌 무당을 위해 후인을 남기려던
때였다.
　한데 하늘은 나를 이미 죽었다고 알려진 절대자에게
로 안내했다.
　그는 스스로를 가리켜 천괴라 하였다.

적운비는 벽에 몸을 기대고 몇 번이나 탄식했다.

이미 십수 회나 서찰을 읽은 후였지만, 마음을 진정시키기
란 쉬운 일이 아니었다.

'말도 안 돼. 그런 일이 가능할 리가 없잖아?'

적운비는 호흡을 가다듬으며 서찰의 내용을 머릿속으로 정
리했다.

＊　　　＊　　　＊

검천위가 천하명산으로 알려진 황산의 깊은 골짜기를 지나
던 때였다. 그는 무당으로 돌아가기 전에 죽마고우라 할 수
있는 남궁세가의 구룡검제를 찾아가는 길이었다. 한데 사특

한 기운이 하늘까지 넘실거리는 것을 보고 황급히 발길을 돌렸다고 한다.

그곳에서 마주한 존재가 바로 천괴였다.

무소불위. 천방지축. 절대악인.

천괴는 강했다.

검천위가 상대조차 되지 않을 정도로 강했다.

한데 천괴는 검천위를 죽이지 않았다.

오히려 말벗이 그리웠는지 묻지도 않은 것을 털어놓았다고 한다.

천괴가 갈망하던 대계(大計)에 관해서 말이다.

그 누구도 자신을 막을 수 없다는 자신감 때문이었다.

차시환혼(借屍還魂)의 계책은 태상노군의 밑에서 도를 닦던 이현이라는 도사의 고사에서 비롯된 삼십육계 중 하나였다.

고사에서 이르길 이현은 태상노군의 부름을 받고 육신에서 영혼만 빠져나왔다고 한다. 하지만 제자는 이현이 죽었다고 여겨서 육신을 불태웠고, 칠 일 후에 돌아온 이현은 육신이 없음에 크게 놀랐단다.

그 후 이현은 급한 마음에 거지의 시신에 들어갔다.

육신에서 혼을 빼내는 도가의 환혼술(還魂術).

천괴는 거기서 자신의 불멸전생을 꿈꾸게 된 것이다.

천하제일이면 무엇 하나? 죽으면 똑같은 것이다.

신선이 되면 무엇 하나? 죽어야 될 수 있는 것이다.

천하의 주인이 된 진시황이 그러했듯 천괴 또한 천하제일에 만족하지 못했다. 그렇게 천괴가 만들어낸 대법이 바로 불멸 전혼대법(不滅轉魂大法)이었다.

강제로 타인의 육체를 빼앗는 사이한 대법.

검천위는 다시 한 번 검을 들었다.

천괴의 악행은 천인공노할 행위가 아닌가.

그러나 천괴를 이기기란 불가능에 가까웠다.

결국 검천위는 자결까지 염두에 둬야 했고, 끝끝내 실행에 옮기려 했다.

한데 천괴는 그 모습을 물끄러미 지켜볼 뿐이었다.

검천위는 검을 내려놓고 생각에 잠겼다.

어째서 자신의 육신을 빼앗지 않는 건가?

당시 백 년을 넘게 산 천괴의 육신은 늙고 병든 상태였다. 사마외도의 무공을 익혔음에도 무한한 내공으로 죽음을 막아버린 것이다.

그런 천괴에게 있어서 당대 천하제일이라 불리는 검천위의 육신은 충분히 구미가 당길 터였다.

하지만 천괴는 그저 지켜볼 뿐이다.

검천위는 그제야 깨달았다.

천괴의 계획은 역천지계나 다름없는 행위였다. 그러니 불가나 도가의 무인과 상성이 맞을 리 만무했다. 또한, 천괴의 목적은 단순히 전생하는 것이 아니지 않은가.

최고의 무공과 근골을 지닌 대상을 찾아야 했을 터였다.

그 순간 검천위의 뇌리를 스치는 것이 있었다.

천괴가 원하는 조건에 부합하는 대상은 많지 않았다.

그중 불도(佛道)와 조금도 관련이 없는 대상을 찾자면 금세 떠오르는 이름이 있었다.

남궁세가.

불도를 제외하면 천하제일세가라고 해도 무방했다.

그리고 남궁세가에는 친우인 구룡검제가 있지 않은가.

그러고 보면 천괴가 활동하던 지역과 황산의 거리는 수천 리다. 그런 그가 황산에 터를 잡은 이유는 단순하게 명산이기 때문이 아닐 터였다.

검천위는 자결할 마음을 지웠다.

이대로 죽을 수는 없는 노릇이다.

구룡검제를 구하는 것은 물론이고, 천괴의 계획이 성공한다면 천하는 영원히 도탄에 빠지지 않겠는가.

막아야 했다.

죽음은 그 후의 일이다.

천괴가 불멸전혼대법을 완성하던 순간에 자신이 나타난 것은 분명 하늘이 뜻일 터였다.

검천위는 천괴를 도발했다.

세월이 변했고, 강함의 정도 또한 변하였다고 말이다.

천괴는 검천위의 말에 코웃음을 쳤으나, 무시하지 않았다.

자존감으로는 고금제일이라던 천괴가 아닌가.

천괴는 언제든 이길 수 있을 때 찾아오라며 검천위를 풀어 주었다. 또한 강호인을 모아 찾아오는 것도 우려하지 않았다.

이것이 바로 천하를 상대로 자웅을 겨룰 수 있는 절대자의 상식이었다.

자신은 그 누구도 막을 수 없다고 말이다.

하나 검천위는 천하에 천괴의 존재를 알리지 않았다.

아니, 알릴 수 없었다고 하는 것이 옳으리라.

천괴의 호언장담처럼 강호인이 모두 모여도 그를 이길 수 있다고 장담할 수 없었기 때문이다.

그는 친우인 구룡검제를 찾아갔다.

그리고 그에게 모든 사실을 전했다.

당대의 호협이었던 구룡검제는 기꺼이 검천위에게 목숨을 맡겼다.

얼마 후 구룡검제에게 한 통의 서찰이 전해진다.

검천위는 천괴를 막기 위해 구궁무저관에서 양패구상을 목표로 했던 것이다.

그날 구룡검제는 강호에서 모습을 감췄다.

검천위는 구궁무저관에 대한 신뢰와 별개로 안전책을 마련하고자 했다. 그렇기에 구룡검제와 연이 깊은 보타암에 도움을 청했다고 한다.

구룡검제는 보타암의 항마진을 빌려와 구궁무저관에 펼쳤다.

그 이름이 바로 반야만륜겁(般若萬輪劫)이란다.

만반의 준비를 끝낸 후 검천위는 천괴에게 서찰을 썼다. 천괴는 구룡검제의 몸뚱이를 노리고 있지 않았던가. 그는 구룡검제가 행방불명되었을 때부터 이미 짜증과 분노가 잔뜩 치솟은 상태였다.

그러니 별다른 말없이 구룡검제를 거론한 것만으로도 천괴는 한달음에 무당산으로 찾아왔다.

*　　*　　*

적운비는 탄식하며 눈을 떴다.

엄청난 비사에 마음이 들뜨는 것은 당연했다.

그는 심호흡을 하며 걸음을 옮겼다.

하지만 구궁무저관의 내부를 걷는 와중에도 검천위가 남긴 비사는 여전히 뇌리를 가득 채우고 있었다.

'그런데도 천괴가 도망쳤다고?'

반야만륜겁은 육신이 아닌 영혼에 제약을 걸어버린다고 한
다. 그러니 천괴가 불멸전혼대법에 성공해서 새로운 육체를
얻었다고 해도 반야만륜겁의 영향에서 벗어날 수는 없을 터였
다.

'하아…… 설마 그렇게 되어버린 것인가?'

검천위의 유언과 서찰을 비교하니 후일담이 대충이나마 예
상됐다.

검천위의 의도는 성공했을 것이다.

구궁무저관으로 천괴의 육신을 봉인하고, 반야만륜겁으로
영혼을 금제한다.

한데 어찌 된 일인지 천괴는 구룡검제에게 불멸전혼대법을
성공시켰고, 검천위는 막지 못한 것이 분명했다.

적운비는 침음을 삼키며 생각에 잠겼다.

'하지만 이미 구궁무저관은 닫혔잖아. 구룡검제가 되었다
고 해서 없던 출구가 생기는 것은 아니야. 천괴는 도대체 어디
로 사라진 거지?'

의문은 그뿐이 아니었다.

검천위는 서찰의 마지막에 회한 가득한 한 마디를 남겨 놓
았다.

구궁무저관은 곧 혜검이다.

이 뜻을 깨우쳤다면 천괴는 적수가 아니었을 것
을……

죽음을 목전에 두고서야 깨닫는구나!

적운비는 몇 번이나 고개를 갸웃거렸다.

'구궁무저관은 곧 혜검이라……'

하나 쉽사리 떠오르는 것이 없었다.

적운비가 무거운 숨을 토해내며 걸음을 멈췄다.

이대로 쭉 가면 막힌 길이 나오기 때문이다.

그는 돌아 나오면서 눈을 끔뻑였다.

'어……?'

분명 며칠 동안 구궁무저관의 내부를 수색한 끝에 익숙해
진 길눈이라고 여겼다. 하지만 지금 이 순간 적운비가 돌아선
까닭은 따로 있었다.

적운비는 눈을 부릅뜬 채 벌린 입을 다물지 못했다.

"맙소사!"

지금 이 순간 적운비는 검천위가 남긴 유언에 깊이 공감하
지 않을 수가 없었다.

"구궁무저관은 정말 혜검이로구나!"

第四章

실마리

적운비는 혜검에 관한 생각으로 정신이 없었지만, 구궁무저관에서 단 한 번도 길을 잃지 않았다. 게다가 태극의 형태라는 것을 알게 된 이후에는 제집처럼 오가지 않았던가. 중앙의 대로를 제외하면 미로처럼 얽힌 곳인데도 말이다.

그것을 깨달은 게다.

구궁무저관(九宮無底關), 그리고 혜검(慧劍).

둘이 아닌 하나였다.

여기에 한 가지가 추가됐다.

무장선(無障線).

천학도관에서 발견했던 검천위의 심득.

'셋이 아니라 하나였어!'

적운비는 뭐에 홀린 사람처럼 구궁무저관 내부의 미로를 헤집고 다녔다. 경공까지 펼치며 빠르게 내달리고 있었지만, 어디에도 부딪치지 않았다.

당연한 일이다.

적운비는 이미 구궁무저관의 지리를 익힌 상태였다.

그것도 아주 오래전부터.

천학도관의 제단에서 햇빛을 따라 번쩍이던 무장선.

아홉 계단에서 발견한 아홉 개의 미로.

적운비는 그것을 차곡차곡 쌓아 머릿속에 각인해 둔 상태다. 한데 그렇게 만들어진 복잡한 미로는 바로 구궁무저관의 지리였다.

검천위가 말하길 구궁무저관은 곧 혜검이라 하지 않았던가. 그러니 적운비가 지금껏 풀지 못한 무장선은 곧 혜검을 가리킬 터였다.

"하아! 어쩐지 더 이상 무장선이 풀리지 않더라니……."

적운비는 잠시 걸음을 멈추고 호흡을 가다듬었다.

창졸간 북받치는 감정의 파도에 휩쓸린 게다.

눈시울까지 붉어졌기에 고개를 들고 한참 동안 호흡이 이어졌다.

드디어 무당이 무당으로서 바로 서기 위해 필요한 마지막

조각을 발견한 것이 아니겠는가.

한데 그 순간 뇌리를 스치는 것이 있었다.

검천위는 혜검을 찾지 못했다. 한데 어째서 그가 남긴 무장선에서 혜검이 나타난 것인가?

적운비의 얼굴에 홍조가 드리워졌다.

'검천위는 무당의 모든 무공을 집대성했다고 했어. 그러니 무장선은 곧…….'

무당파의 상승검학과 심공을 표현한 것일 수도 있지 않겠는가. 그리고 상승무공의 총화가 바로 무당의 상징인 혜검인 것이다.

충분히 가능성이 있는 가설이 아닌가?

적운비는 만면에 미소를 띤 채 걸음을 옮겼다.

이제 구궁무저관에서 할 수 있는 일을 찾은 게다.

'일 년 안에 이곳을 나가겠어!'

　　　　*　　　*　　　*

이곳은 일전에 사도련의 련주인 오확이 찾아왔던 밀실의 입구였다. 오확은 괴인을 치료하던 노인에게 조심스럽게 물었다.

"얼마나 걸리겠습니까?"

노인은 미간을 찌푸린 채 서책을 살폈다.

잠시 후 그는 품속에서 또 다른 서책을 꺼냈다.

그러고는 두 권의 서책을 꼼꼼하게 비교하기 시작했다.

한 권은 보타암에서 얻은 항마능가공의 비급이었고, 다른 한 권은 아미파에서 훔쳐온 능가아발다라보경이었다.

"가능하다!"

노인의 말에 오환의 얼굴이 눈에 띄게 밝아졌다.

"그게 정말입니까?"

"능가아발다라보경은 반야만륜겁의 근원이다. 본래 정심 정진하기 위해 만들어진 것이야. 거기에 항마능가공으로 인해 나뿐 아니라 타인에게까지 항마력이 미칠 수 있게 개량된 것이다."

"드디어 됐군요!"

노인의 주름진 얼굴에도 미소가 생겨났다.

그는 오환의 어깨를 두드리며 말했다.

"그간 정말 고생 많았네."

"사형께서 고생 많으셨지요."

오환의 말에 노인은 고개를 내저었다.

"아닐세. 본래 노부는 자네의 수하인 만안당주가 아니었던 가?"

비사(秘事)가 드러나는 순간이다.

단도제로 인해 축출됐다고 알려진 만안당주가 살아 있는 것은 물론이고, 괴인의 제자가 되어 사도련주에게 명령을 내리는 형국이었다.

한데 오확은 불만을 드러내지 않았다.

"모두 사부님의 제자가 아닙니까."

만안당주는 고개를 끄덕였다.

"맞네. 사부님 아래 모든 존재의 우열은 의미가 없지. 어쨌든 사부님께서 제 모습을 찾으시면 우리의 불멸 전생도 시작될 것이야."

"한데 멀리 보지 못하는 사람도 있지 않겠습니까?"

만안당주는 두 권의 서책을 응시했다.

제왕세기록은 암풍이 가져온 것이고, 능가아발다라보경 또한 암은의 보고를 받고 암풍이 가져왔다. 괴인의 제자 중 경공으로 가장 뛰어난 자가 암풍이기 때문이다.

"암풍에 관해서는 나도 알고 있네. 하지만 암객들이 차후에 어찌될는지는 이미 알고 있지 않은가. 그러니 신경 쓰지 말게. 그럴 가치도 없는 존재들이니까."

"그리 알겠습니다."

오확은 뒤늦게 생각났는지 조심스럽게 물었다.

"비급을 모두 모았으니 사제들을 어찌하면 되겠습니까?"

"암풍을 보내서 황궁의 이 사형에게 다음 계획을 진행하라

고 전하게. 이제는 제갈가의 늙은이 뜻대로 움직이는 척해 주
자고."

"전하겠습니다."

만안당주는 밀실을 떠나는 오확에게 한 마디를 내뱉었다.

"곧 전설은 현실이 될 것이야."

오확은 고개를 돌리며 입꼬리를 올렸다.

"우리도 전설이 되겠지요."

"아니, 우리 역시 영원한 현실이 될 것이야!"

*　　　*　　　*

진인사대천명(盡人事待天命).

적운비의 현재 상황을 그대로 대변하는 말이다.

무당의 부흥을 매 순간 꿈꿨고, 그것을 가능하게 할 무장
선의 해독에 매진했다.

길지 않은 생이지만, 대부분의 삶을 바치지 않았던가.

그래서 혜검이 모습을 드러냈다고 여겼다.

검천위는 적운비보다 똑똑했을 것이고, 더 오랜 기간 혜검
을 찾아 헤맸을 게다.

그럼에도 불구하고 적운비에게 혜검이 나타난 이유는 따로
있었다.

검천위는 이미 너무 많은 것을 익힌 상태에서 혜검을 찾아 헤맨 것이다. 반면 적운비는 무장선을 얻기 전부터 혜검을 염두에 두지 않았던가.

명문거파는 상승무공으로만 이뤄지는 것이 아니다.

재력과 교섭, 유능한 제자들이 필요하다.

그러나 가장 중요한 것은 상징이었다.

문파를 상징하는 절대무공!

소림과 화산이 여전히 명문으로 기억되는 이유는 절대무공을 실전하지 않았기 때문이다.

적운비는 처음부터 혜검을 원했다.

그렇기에 진인사대천명이라는 말처럼 결국 천의가 응답했다고 믿었다.

하나 적운비의 환희는 그리 오래가지 못했다.

또다시 열흘이 지났을 때에는 아예 웃음기가 사라졌다.

'구궁무저관 그리고 무장선. 이것은 곧 혜검이니 미로는 바로 검로를 뜻하는 것이리라.'

적운비는 다시 한 번 벽을 만난 기분이었다.

무공은 투로만 알았다고 해서 익힐 수 있는 것이 아니었다. 무공의 요체(要諦)는 형(形)과 의(意)가 조화를 이뤄야 대성할 수 있기 때문이다.

즉 혜검의 껍데기를 얻은 것에 불과했다.

그것만 해도 검천위보다는 앞섰지만 말이다.

하나 검천위가 형을 얻었다면 단박에 대성할 수 있었을 게다. 오히려 그는 형이 아닌 의를 얻어 절대자에 이르렀기 때문이다.

이제는 적운비가 오의를 얻어야 할 때였다.

단지 방법을 모를 뿐.

"빌어먹을!"

그날 이후 적운비는 무장선의 끄트머리를 찾아 무작정 수련을 시작했다. 기수식은 물론이고, 내공을 순환할 때마다 매 순간 죽음의 문턱을 오갈 만큼 위태로웠다.

천망회회 소이불루(天網恢恢 疏而不漏)라 하지 않던가.

하늘의 그물은 엉성해도 빠트리지 않는다.

자연지기, 즉 선기(仙氣)의 극의를 논하는 혜검이라면 애매모호할 리가 없다.

반드시 시점(始點)과 종점(終點)이 존재할 것이다.

혜검 또한 인간이 만들어낸 것이니.

"할 수 있어!"

적운비는 검을 늘어트린 채 바닥을 강하게 내리쳤다.

쾅!

매 순간 주화입마의 위험에 빠지다 보니 언제부터인가 몸을 사리기 시작한 것을 느낀 것이다.

"멍청아! 겁을 먹으면 어쩌자는 거야!"

공동의 중앙에 서서 쉴 새 없이 중얼거렸다.

무장선의 시점을 찾기 위해 쉴 새 없이 수련을 하다 보니 시간의 흐름조차 잊었다.

최소한 삼 일은 지났고, 열흘은 넘지 않았을 게다.

굶어 죽지 않았으니 말이다.

"빌어먹을!"

적운비의 입에서 욕설이 튀어나왔다.

그 순간 스스로도 놀라 눈을 휘둥그레 떠야 했다.

'훗, 혼자 지내는 시간이 너무 길었군.'

절로 조소가 흘러나왔다.

어린 시절 중얼거리던 버릇이 부지불식간에 튀어나온 것이다.

'생각하기도 싫은데……'

높고, 긴 서가가 끝없이 늘어져 있던 곳.

현현전보다 작았고, 현현전보다 음습했다.

지식을 쌓고, 지혜로 전환하며 고독함을 애써 외면해야 했던 시기였다. 사방팔방에서 감시하는 눈길만 가득할 뿐 그 누구도 어린 그에게 말을 걸지 않았다.

그들은 그저 적운비가 죽기를 바랄 뿐이다.

살인도, 암살도, 독살도 아닌 그저 평범한 죽음으로 생을 마감하기를 원했다. 관상과 천문을 믿는 자들은 적운비가 죽어야 자신들이 살 수 있다고 믿었다.

하나 그들의 뜻대로 죽어줄 수는 없는 노릇이 아닌가?

어렴풋이 남아 있는 어미의 온기.

글자를 가르쳐주고 배움의 즐거움을 알려준 벽일자.

그들에게 미안해서라도 살아야 했다.

그래서 어둠에 먹히지 않기 위해 빛을 찾았다.

그 빛이 바로 무당파다.

적운비는 무당파에 대한 동경을 먹이 삼아 죽음의 구렁텅이에서 발버둥 친 것이다.

세월은 흘렀고, 아이는 소년이 되었다.

이제는 몇몇 시비와 수하들의 눈과 귀를 막는다고 해서 존재를 숨길 수 없게 된 것이다.

적운비는 전염병이라도 걸린 사람처럼 개구멍을 통해 방출되었다.

노대라는 안내자와 함께 말이다.

"이대로 당할 줄 알아?"

적운비는 아랫입술을 베어 물었다.

단 하나도 놓치지 않겠다.

이미 일어났던 일에 대한 기억도, 그리고 앞으로 일어날 수 있는 상황에 대한 변수도 말이다.

걷고, 또 걸었다.

물아일체를 통한 깨달음은 의를 얻어야 빛을 발한다.

그러니 직접 구궁무저관의 내부를 거닐며 머릿속의 무장선과 끊임없이 비교를 하려는 게다.

분명 어딘가에 시작점이 존재한다.

거기서부터 시작하는 거다.

"얽히고설킨 실타래도 끝을 찾으면 풀 수 있어."

적운비는 아랫입술을 잘근잘근 씹으며 빠르게 걸음을 옮겼다.

"나는 할 수 있어. 해야만 해. 반드시 한다!"

걸음을 멈춰야 했다.

막힌 길이기 때문이다.

눈을 감아도, 다른 생각을 해도 머릿속에 그려진다.

이것이 무장선이다.

한데 그 순간 한 줄기 희미한 바람이 앞머리를 스치고 지나갔다.

적운비는 돌아서려다 말고 고개를 돌렸다.

그리고 눈을 떴다.

거대한 원형의 철문, 태극문이라 이름 붙인 구궁무저관의 입구다.

적운비는 눈을 끔뻑이며 태극문을 응시했다.

그 순간 기다렸다는 듯이 머릿속에 각인됐던 무장선이 느릿하게 가라앉는다. 그리고 그것은 구궁무저관의 미로와 절묘하게 맞닿는다.

당연한 일이다.

이 둘은 둘이 아닌 하나가 아닌가.

이제 하나가 된 미로는 머릿속에서 가볍게 흔들린다.

봄바람에 물결이 일렁이듯.

몇 번의 흔들림으로 반동이 생긴 걸까.

자연스럽게 머릿속에서 흘러나와 눈앞에 그려진다.

본의 아니게 구궁무저관과 무장선이 합쳐지는 순간 물아일체(物我一體)의 경지로 접어든 것이다.

적운비는 천천히 손을 뻗었다.

그리고 손가락으로 태극문이 있어야 할 자리를 짚었다.

실타래처럼 엉킨 미로에서 삐져나온 수십 가닥의 길 중 하나의 길과 정확하게 일치한다.

숨소리가 잦아들었다.

더 깊은 세계로 빠져들며 외기와 내기가 하나처럼 얽매이기 시작했다.

검천위는 천괴를 유인하기 위해 사문의 중시를 제멋대로 열어버렸다. 그 이유는 단 하나, 정상적으로는 천괴를 상대할 수 없었기 때문이다.

구궁무저관이라면 가능하리라 믿었다.

무당산, 아니 중원을 통틀어 이곳만큼 순수한 선기로 가득 찬 곳은 존재하지 않았기 때문이다.

그것을 알 리 없는 적운비는 머릿속으로 쏟아지는 깨달음을 수습하기에 여념이 없었다.

'그렇구나. 중요한 건 구궁무저관이로구나. 무장선은 구궁무저관으로 향하는 열쇠였고, 구궁무저관은 곧 혜검으로 통한다.'

그러니 구궁무저관의 시작인 태극문은 곧 혜검의 시작을 의미하지 않겠는가.

적운비의 입꼬리가 조금씩 올라갔다.

눈동자는 다시 빛을 머금었다.

적운비는 그 상태로 오랜 시간을 보내야 했다.

그 대가는 태극혜검의 오의(奧義)였다.

*　　　*　　　*

태상은 천룡맹의 정식 행사 때나 입을 법한 정복을 입고 있었다. 한데 천룡맹을 대표하는 그가 허리를 숙이더니 손을 모왔다.

"고생 많으셨습니다."

예를 받는 대상은 날카로운 인상의 중년인이었다.

화려한 비단옷을 입은 중년인은 거만한 자세로 손을 내저었다.

"쉽지 않았네."

중년인의 정체는 남경에서 온 관리였다.

종칠품의 중서사인(中書舍人)인 관리는 천룡맹의 맹주를 대하면서 시종일관 고압적인 자세를 유지했다.

그도 그럴 것이 당금 황실의 실세는 황제의 자문 격인 대학사(大學士)였다. 그리고 중서사인이라는 자리는 대학사의 직속 수하를 뜻했다.

태상은 황실과의 교류를 중요하게 생각한다. 그렇기에 그는 중서사인에게 극진한 예를 보였다.

잠시 후 태상의 손에서 작은 함이 중서사인에게 건너갔다. 열어 보지 않아도 속에 든 물건의 값어치는 예상할 만하다.

중서사인은 서찰을 내밀었다.

"대학사께서 내리신 서찰이외다."

태상은 서찰을 수습한 후 말했다.

"내각에서 좋은 결과가 나왔나 봅니다."

"대학사께서 직접 나서신 일이지만, 그리 쉽지는 않았소이다. 대부분의 번왕과 달리 북방의 왕은 그분께서도 쉬이 건드릴 수 없는 존재거든."

"하지만 역심을 품은 자가 아닙니까?"

중서사인은 고개를 끄덕였다.

"그 점은 오래전에 그분께도 상소를 통해 말씀드렸지. 무엇보다 북방의 왕이 사라지면 장성 너머의 외적들을 어찌 감당할지 의문이었어."

태상의 얼굴에 옅은 미소가 스쳐 갔다.

황실의 근심에 관해서는 자신이 계책을 내지 않았던가.

"그렇다면?"

중서사인의 거드름이 극에 달했다.

"대학사께서 긴히 청하셔서 허락을 받아내셨네. 조만간 자네를 도독첨사로 봉하는 교지가 내려올 것이야."

도독첨사든 도독부의 실무를 담당하는 종이품의 요직이었다.

태상의 얼굴이 밝아지는 것은 당연했다.

"성은이 망극하나이다."

중서사인은 마치 자신이 황제라도 되는 것처럼 고개를 끄덕이며 태상의 예를 받았다.

"교지가 내려오면 무림도독부가 창설될 것이야. 그럼 그대가 무엇을 해야 할지 알겠지?"

태상은 관료처럼 장삼을 걷어내며 한쪽 무릎을 꿇었다.

"북방의 왕과 패천성을 대신하여 외적들이 한순간도 장성을 넘지 못하도록 지키겠나이다!"

중서사인은 짧은 턱수염을 쓰다듬으며 만족함을 드러냈다.

"클클, 좋군. 좋아. 한데 그대가 교지를 받아 도독첨사가 되면 종이품이 되겠구려. 하면 종칠품인 이 몸을 잊지 말아 주시오."

태상은 어불성설이라는 듯 고개를 내저었다.

"어찌 대인을 잊겠습니까. 지금껏 불철주야 황실과 천룡맹의 연결 고리가 되어주시지 않았습니까. 신은 결코 잊지 않을 겁니다."

종이품을 제수받을 자가 종칠품의 관리에게 극존칭을 쓰며 고개를 숙이는 괴이한 현실이었다. 하나 이미 정오품의 대학사가 황실을 좌지우지하는 형국이 아니던가.

황실의 타락을 반증하는 한 단락이었다.

"그대의 뜻을 알았으니 내가 좋은 소식을 한 가지 더 전해주겠네."

중서사인은 입꼬리를 올리며 말했다.

"그대의 손녀는 지혜와 미모로 소문이 자자하더군. 대학사께서도 풍문으로 들으신 모양이야."

태상의 눈이 휘둥그레졌다.

"하면?"

"클클, 이번 일은 내가 힘을 많이 썼네. 다음에 돌아올 때 나는 칙사이자, 매파가 되겠군."

태상은 몸을 부르르 떨며 기쁨을 숨기지 않았다.

"정말 제 손녀가 황궁에 들어가는 것입니까?"

"비빈의 자리는 쉽지 않아. 남경의 고관들이 눈을 부릅뜨고 있으니 말일세."

태상은 갑자기 몸을 일으켰다. 그러고는 의자를 밀어놓고 그 자리에서 무릎을 꿇었다.

"대인의 은혜를 갚기 위해 견마의 노력도 마다하지 않겠습니다."

중서사인은 태상의 등을 내려다보며 입꼬리를 올렸다.

"두고 보겠네."

태상은 중서사인이 떠나는 순간까지 고개를 들지 않았다. 간간이 어깨를 들썩이는 것으로 보아 감회가 남다른 모양이다. 중서사인은 그런 태상의 모습에 깊은 만족을 드러낸 채 떠났다.

끼익—

잠시 후 밀실의 벽 한쪽이 움직이더니 통로가 드러났다. 그곳에는 무심한 표정의 제갈수련이 우두커니 서 있었다. 이미 그녀는 밀실의 장막 뒤에서 모든 것을 지켜본 상태였다.

"대업에 한걸음 다가서신 것을 축하드립니다."

한데 몸을 일으킨 태상의 얼굴에는 조금 전까지만 해도 가득했던 기쁨의 빛을 찾을 길이 없었다. 오히려 평소보다 냉정한 표정을 짓고 있는 것이 아닌가.

"어차피 예정되었던 일이다."

제갈수련은 고개를 끄덕였다.

"권력과 재물도 살아야 누릴 수 있으니까요. 아무리 강호인을 멸시하던 그들이라고 해도 현실적인 대안은 태상뿐이었겠지요."

태상의 눈매가 한순간 꿈틀거렸다.

"지자가 할 말은 아니지만, 대업이 이뤄졌을 때 '중서사인'이라는 직위 자체를 없애버릴 것이다."

"맹주께서는 그리하실 수 있을 겁니다."

제갈수련의 담담한 응원에 태상이 눈을 가늘게 떴다.

"무릎을 꿇은 나를 보고 좋아할 줄 알았는데?"

"그럴 리가 있겠습니까."

태상은 여전히 제갈수련을 탐색하듯 응시했다.

적운비의 죽음 이후 애써 담담한 척을 하는 손녀의 본심을 그가 모를 리 없었다.

"그런 것 같구나."

제갈수련은 태상의 시선을 의식했는지 더욱 공손하게 대꾸했다.

"지자의 허리는 꼿꼿할수록 좋으나, 권좌에 오를 이는 허리가 유연할수록 좋은 법이라 배웠습니다. 태상께서는 기꺼이 한신이 되어 훗날을 도모하셨으니 천뇌각주인 소녀에게 큰 모범이 되어 주셨습니다."

태상은 여전히 미묘한 눈초리를 보냈다.

잠시 후 그의 두 번째 공격이 이어졌다.

"한데 혼담 얘기를 들은 것치고는 반응이 약하구나."

"할 수 있는 모든 것을 활용하라고 배웠습니다. 저 정도의 외모에 학식이라면 젊은 황제에게 좋은 진상품이 될 수 있을 겁니다."

태상은 세 번째 공격을 시작했다.

그리고 이것이 진짜였다.

"너를 보낸다고 결정한 것은 아니다."

태상의 말에 처음으로 제갈수련의 표정이 처음으로 일그러졌다.

"설마 소소까지 염두에 두고 계신 겁니까?"

"무림도독부가 창설되면 패천성의 영역은 내가 직접 가야 한다. 능력의 문제가 아니라 위치의 문제야. 네가 무너진 패천성을 대신하기에는 부족함이 많다. 하면 내가 북방으로 떠난 후 천룡맹은 누가 다스려야겠느냐?"

"그렇다고 해도 소가주와 소소는 정혼을 약속했습니다. 태상께서 어찌 한 입으로 두 말을 하시려는 건가요."

태상은 이 상황을 즐기듯 입꼬리를 올렸다.

"클클, 남의 자식도 사서 비빈으로 만드는 세상이다. 파혼이 흠이겠느냐."

제갈수련은 입매를 씰룩이며 힘겹게 한 마디를 흘렸다.

"남궁가주와 소소가 혼인하면 한가족이나 다름없게 됩니다. 남궁세가라면 천룡맹을 훌륭하게 꾸려나갈 수 있을 거예요."

태상은 갑자기 혀를 찼다.

"쯧쯧, 어째서 너 같은 아이가 소소 이야기만 나오면 감정적으로 변하는 거냐?"

"설마 아직도 파혼을 염두에 두고 계신 겁니까?"

하나 태상은 여전히 느긋하기만 했다.

"놈이 꼭두각시가 되겠다면 받아줄 용의는 있다. 외부의 인망을 높이기 위한 좋은 대상이야."

"거부하면요?"

태상의 입꼬리가 올라갔다.

"알면서 묻는 것은 좋은 버릇이 아니야."

제갈수련은 주먹을 쥔 채 부르르 떨었다.

패천성을 칠 때 남궁신의 정적들을 죽이는 것은 이미 기정사실이다. 그리고 그 후 남궁신이 의문의 사고사를 당한다면 세가를 통째로 집어삼키는 것은 너무도 손쉬운 일이 아닌가. 모든 일은 수레가 비탈길을 구르는 것처럼 순조롭게 이뤄질 것이다.

그건 제갈세가가 가장 잘하는 일이니까 말이다.

"이만 가보겠습니다."

그녀에게 소중한 것은 많지 않았다.

한데 소중할지도 모르는 것을 이미 잃지 않았던가.

그러니 이제는 유일하게 남아 있는 소중한 것을 지키기 위해 나서야 할 때였다.

'저도 제가 가장 잘할 수 있는 일을 해야겠군요.'

*   *   *

제갈수련은 태상과의 만남 후에도 바쁜 시간을 보냈다.

태상이 군웅회를 통해 천룡맹을 완벽하게 장악했지만, 그 뒤처리는 그녀의 몫이기 때문이다.

겉으로 보기에 그녀의 모습은 평소와 같았다.

평소보다 의욕적이고, 평소보다 효율적이다.

그녀는 엄청난 속도로 산적한 서류를 처리했다.

점심까지 거르고 일을 한 그녀가 자리에서 일어난 것은 어슴푸레 어둠이 밀려올 때였다.

이미 대공녀임이 밝혀졌기에 그녀가 지나갈 때마다 시비와 하인들은 물론이고, 무인들까지 고개를 숙이며 예를 표했다.

하지만 제갈수련은 냉랭한 표정으로 정면만 응시한 채 천천히 걸음을 옮길 뿐이었다. 그렇게 그녀가 도착한 곳은 사도련의 소련주인 오기린의 처소였다.

"총선주입니다."

총선주(總選主)는 제갈수련의 직함이다.

맹의 대소사에 개입하는 자리로 군사와 비슷했다.

"들어오세요."

밝은 목소리의 주인공은 오기린이 아닌 단도제였다.

제갈수련의 방문은 처음이 아니었는지 두 사람은 능숙하게 찻물을 사이에 두고 마주앉았다.

"오늘은 무슨 일로 오셨나요?"

"천룡맹과 사도련의 동맹 관계를 공고히 할 수 있는 방안에 대해 의논하러 왔어요."

단도제는 어깨를 으쓱거렸다.

"흠. 외부에서는 천룡맹이 곧 사도련을 칠 것이라는 소문이 파다하던데요."

"맹과 사도련의 관계가 어디 그리 얄팍하던가요. 그리고 그런 소문에 휘둘릴 분은 아니지요."

제갈수련의 말에 단도제는 헛웃음을 지었다.

"믿고 싶지 않지만, 유폐된 입장에서 신뢰를 가지기란 어렵군요."

단도제의 말처럼 유폐는 아니었지만, 호위가 많아진 것은 사실이다.

제갈수련은 어깨를 으쓱거리며 말했다.

아직은 황실과 연계하여 패천성을 밀어버리려는 태상의 계획을 밝힐 때가 아니었다.

"좋아요. 이미 알고 있겠지만, 솔직히 말할게요. 오기린은 버린 패예요. 천룡맹과 사도련의 관계는 풍전등화나 마찬가지, 이쯤 되면 단 공자도 살길을 찾아야 되지 않을까요?"

"글쎄요."

"사람은 하늘을 날 수 없지요. 하지만 날개를 달면 날 수 있어요."

단도제는 고개를 끄덕였다.

"제갈세가 정도라면 아주 크고 좋은 날개지요."

제갈수련은 단호한 한 마디를 내뱉었다.

"제갈세가가 아니라 저한테 오세요."

"대선주의 능력이라면 천하를 도모하는 것이 그리 어렵지 않을 텐데요? 어차피 맹주가 물러나면 대선주의 세상이 아닌가요?"

"제아무리 권력과 무공이 드높다고 해도 인간의 삶은 끝이 있어요. 나는 내 삶을 조금 더 효율적으로 사용하고 싶어요."

단도제의 눈매가 살며시 꿈틀거렸다.

제갈수련이 말하는 삶의 끝에는 태상도 포함되어 있을 게다. 한데 그녀는 더 이상 기다릴 수 없다고 말하고 있지 않은가.

생각지도 못한 변화에 절로 입꼬리가 올라갔다.

단도제의 맥을 이었으니 머리를 쓰는 유희는 언제나 환영하는 바였다.

"그게 저라는 존재를 필요로 하는 이유군요."

제갈수련은 대답 없이 고개를 끄덕였다.

단도제는 그 모습에 상체를 앞으로 숙이고 목소리를 낮췄다.

"말동무가 필요하시면 저 말고도 많습니다."

제갈수련의 눈빛이 한차례 흔들렸다.

하나 흘러나오는 그녀의 목소리는 여전히 단호했다.

"무슨 뜻인가요?"

"적 형을 추억하고 싶으시면 다른 곳을 찾아보세요."

단도제의 목소리에는 조소가 어려 있었다.

"저는 죽은 사람을 추억하는 취미 따위는 없습니다."

쾅!

제갈수련은 탁자를 내리치며 자리에서 일어났다.

"딴소리를 하시는군요. 침몰하는 배에 남겠다면 마음대로 해요. 다시 내가 찾아오는 일은 없을 겁니다!"

하나 그녀가 돌아섰을 때 단도제의 나직한 한 마디가 전해졌다.

"혹시 침몰하는 배에 사도련도 포함되나요?"

제갈수련의 입꼬리가 살며시 올라갔다.

"정보망에 따르자면 후계자 싸움이 극에 달했어요. 외부 활동을 극도로 자제할 정도면 말 다했지요. 어느 정도 정리가 되면 오기린의 차례가 될 거예요. 본 맹에 처리를 부탁하겠네요. 그러면 그때가 당신의 마지막이겠지요."

"그런가요?"

단도제의 담담한 한 마디에 제갈수련의 미간이 일그러졌다. 적운비의 칭찬으로 인해 관심을 가졌을 뿐 개인적인 감정은 전무했다. 그러니 단도제의 평온한 표정이 거슬릴 수밖에 없었다.

제갈수련은 평소보다 더욱 냉랭한 표정으로 앉아 있는 단도제를 내려다봤다.

"만안당을 없애고 사도련의 머리로 들어앉았을 정도라기에 기대했더니 말꼬리나 잡는 소인배였군요."

제갈수련은 거침 호흡을 숨기지 않고 돌아섰다.

단도제의 말에 명확하게 반론하지 못했기에 더욱 분노가 치밀었다.

한데 그런 그녀의 귓가에 묘한 어투의 말이 들려왔다.

"실마리를 하나 드릴까요?"

제갈수련은 못마땅한 얼굴로 고개를 돌렸다.

단도제는 제갈수련의 표정을 즐기듯 빙긋 웃으며 말했다.

"만안당은 제가 없앤 게 맞습니다."

"이제 와서 자랑이라도 하려는 건가요?"

한데 단도제는 제갈수련의 비아냥거림을 귓등으로 흘린 채 표정을 굳혔다.

"만안당은 해체됐지요."

묘하게 신경을 거슬리는 한 마디가 이어졌다.

"기다렸다는 듯이……."

"……."

"강호인들은 사도련을 무시하지요. 정마에 속하지 않고, 뿌리 없는 삼류 무인들이 모여서 지금의 세를 이뤘다고 말이지요. 그런데 거꾸로 생각해 봐요. 뿌리도 없는 그들이 어느새 정과 마의 틈바구니에서 천하를 갈라 먹었네요. 재밌지 않나요?"

제갈수련은 눈을 가늘게 떴다.

단도제의 심중을 살피려는 게다.

"약자는 말이지요. 눈치가 아주 빠릅니다. 죽을 자리는 찾아가지 않고, 살 자리는 기가 막히게 찾지요. 총선주라면 어째서 수많은 사마외도가 뿌리도 없는 사도련에 빌붙어 응집력을 지니는지 알아낼 수도 있겠지요."

"당신은 내게 문제를 낼 자격이 없어요."

단도제는 어깨를 으쓱거렸다.

"답도 모르는데 문제를 어떻게 낸답니까?"

"……"

제갈수련은 종잡을 수 없는 단도제의 화술에 묘한 표정을 지었다. 어딘가 모르게 적운비를 떠올리게 만드는 모습에 심경이 복잡해진 것이다.

그러나 뒤이은 단도제의 장난기 가득한 말투에는 고개를 내젓지 않을 수가 없었다.

"크큭! 저도 도망쳤거든요."

콰앙!

제갈수련은 떠났고, 단도제는 남았다.

잠시 후 단도제의 입가에서 기분 좋은 음색의 한 마디가 흘러나왔다.

"나는 죽은 사람을 추억하는 취미 따위는 없다고요. 안 그렇습니까? 적 형."

이튿날 새벽 천룡맹에 파발이 도착했다.

천룡맹 절강지부에서 보낸 서신에 적힌 내용은 간단했다. 하지만 짧은 내용에 담긴 무게는 천룡맹을 넘어 강호 전체가 혼란에 빠질 정도로 엄청났다.

보타암 멸문(滅門).

훗날 멸천혈사라 명명된 대전의 발단이었다.

第五章

혼돈강호(混沌江湖)

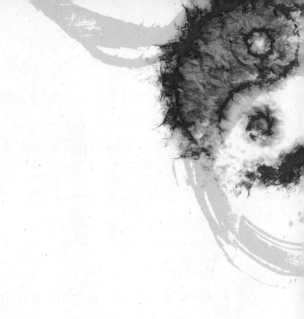

　대부분의 사람은 사건사고를 접했을 때 비슷한 반응을 하게 된다. 누가 그랬는지, 왜 그랬는지, 얼마나 피해를 입었는지에 대해서 말하게 된다.

　하지만 여기 범인(凡人)과는 다른 사람들이 있었다.

　제갈가의 두뇌라 불리는 천뇌각의 문사들이다.

　그들은 종이 뭉치를 부여잡고 여기저기 토론을 이어갔다. 저잣거리의 왈패들처럼 멱살을 쥐고 욕을 내뱉는 문사가 있을 정도로 격렬한 분위기였다.

　잠시 후 제갈수련이 나타났다.

　시장통 같던 장내가 한순간에 고요해졌다.

제갈수련은 담담한 어조로 한 마디를 내뱉었다.

"일각 남았어요."

문사들은 이내 전쟁에 나가는 사람처럼 쉴 새 없이 의견을 쏟아냈다.

그리고 정확히 일각 후 제갈수련은 한 장의 종이를 들고 천뇌각을 나섰다.

천룡맹의 중심부에는 유독 눈에 띄는 신축 건물이 있었다. 천문전이라는 이름에 걸맞게 주변의 어느 건물보다 높다.

이곳이 바로 태상, 천룡맹주의 처소였다.

보타암의 멸문이라는 정보는 맹의 경계망을 최상급으로 끌어올리기에 충분했다.

제갈수련은 수많은 호위 무인들을 지나 천문전에 들어섰다. 한데 그녀가 심처로 들어설수록 천룡맹의 호위들은 사라졌고, 제갈가의 표식을 한 무인들이 나타났다.

끼익—

그 너머에 자리한 문이 열렸다.

내부의 풍경은 천뇌각과 크게 다르지 않았다.

다만 같은 문사라고 할지라도 명성과 능력에서 큰 차이를 보일 뿐이다. 저들은 대부분이 천급 빈객이었고, 간간이 상천에 속한 지자들도 끼어 있을 터였다.

제갈수련이 들어서자 몇몇 문사가 눈인사를 했다.

그녀의 자리는 단상 바로 아래.

흔히 말하는 일인지하 만인지상의 자리였다.

그녀가 자리에 앉자 다가오는 이가 있었다. 무당파를 압박할 때 함께 행동했던 조룡삼옹의 둘째, 낙일사였다.

그리고 적운비를 처리하고, 태상에게 큰 상을 받은 위인이기도 했다. 전형적인 무인인 그가 회의에 참석할 수 있었던 이유는 조룡삼옹의 대형인 상산노사의 비상한 머리 때문이었다.

"대공녀, 아! 이제는 총선주라고 불러야겠구려."

일부러 적을 만들 필요는 없다.

적은 모든 준비를 끝내고 만들어도 충분하리라.

제갈수련은 옅은 미소를 지었다.

"오랜만이군요."

"클클, 총선주의 미모는 날이 갈수록 빛이 나는구려. 태상께 지난번 일을 잘 말해준 덕분에 조룡삼옹의 위상이 많이 올라갔소."

"해야 할 일을 했을 뿐인 걸요."

낙일사는 목소리를 낮추고 한 마디를 건넸다.

"이 신세는 언제고 꼭 갚겠소이다."

"말씀만이라도 큰 힘이 되는군요."

제갈수련은 낙일사가 떠나자마자 한숨을 내쉬었다.

한데 떠났던 낙일사가 누군가와 함께 다시 다가오는 것이 아닌가.

무당파에서 조룡삼옹을 따라온 벽성자였다.

제갈수련의 눈매가 한순간 파르르 흔들린다.

그녀는 적운비를 죽인 낙일사를 만났을 때에도 평정심을 유지하는 데 성공하지 않았던가. 하나 자신 앞에서 굽실거리는 노인을 보고는 잠시나마 살의를 숨기기 위해 혼신의 힘을 다해야 했다.

"안녕하십니까. 총선주. 노계명이라고 합니다."

벽성자는 도명을 버리고 속명으로 돌아간 상태였다.

그는 애써 환한 웃음으로 제갈수련의 환심을 사려 했다. 하나 제갈수련은 벽성자에 대한 평가는 관심조차 없었다.

보라. 생글거리는 눈매는 고집을 숨기고 있을 터였다.

달콤한 말 속에는 추악한 욕심을 품었을 터였다.

그러나 제갈수련의 평정심이 깨진 이유는 따로 있었다.

'고작해야 저런 추악한 도사가 있는 문파를 지키기 위해 죽어 버린 거야? 이 멍청이!'

제자가 문제를 일으켰다고 바로 파문하는 장문인과 문파를 배신하고 태상에게 붙은 벽성자와 다를 바가 무엇인가.

낙일사의 말이 떠올랐다.

신세를 졌으면 갚는 것이 당연하단다.

제갈수련의 눈빛이 한순간 강렬하게 번뜩였다.

'동감이에요.'

하나 감정을 오랫동안 드러내는 것은 위험했다.

제갈수련은 태상이 나타날 때까지 지그시 눈을 감고 호흡을 가다듬었다.

"태상께서 도착하셨습니다."

토론을 하던 문사들이 일제히 입을 닫았다.

제갈수련이 천뇌각의 수장이듯 태상은 여기 모인 모두의 수장이었다.

그리고 그들은 태상을 가리켜 맹주라 하지 않는다.

이미 맹주 이상의 자리에 오를 것을 어림짐작하고 있는 핵심만 모인 것이다.

태상은 장포를 끌며 모습을 드러냈다.

정복을 갖추지 않은 것으로 보아 천룡대회의에 참석하기 전에 들른 것이 분명했다.

아나나 다를까 태상은 권좌에 앉자마자 입을 열었다.

"보타암이 멸문했소이다."

잠시 후 천인공노할 한 마디가 흘러나왔다.

"이제 우리가 얻을 수 있는 이득은 뭔가?"

천룡맹의 맹주가 할 말은 아니었다.

하나 태상이 내려다보는 이들 중 이의를 제기하는 자는 전무했다. 애초에 보타암의 멸문으로 인해 제갈세가가 얻을 수 있는 것을 논하기 위해 모인 자리가 아니던가.

몇몇 문사들이 의견을 개진했다.

하지만 태상의 표정은 여전히 무뚝뚝하다.

만족할 만한 결과가 나오지 않은 것이다.

"정말 이게 전부인가? 내가 대회의에 나가서 이딴 쓸모없는 연설이나 하고 등을 토닥여줘야 한다는 건가?"

염라가 태상의 곁으로 다가갔다.

그는 생사패를 배신한 후 어느새 태상의 수족이 되어 옆자리를 꿰차고 있었다.

"대회의가 얼마 남지 않았습니다."

"가서 눈물 잔치나 하고 싶은 생각은 없네. 미루게."

"이미 반 시진이나 미룬 상태입니다. 미룰 수야 있겠지만, 뒷말이 나올 겁니다."

"크흠!"

태상의 입매가 꿈틀거렸다.

이곳에 태상보다 똑똑한 사람은 없다.

그럼에도 불구하고 태상이 저들에게 묻는 이유는 정보를 세세하게 열람할 수 없기 때문이다.

한데 수십 년에 걸쳐 자신을 대신하라고 만들어놓은 작자들의 의견이 한결같이 마음에 들지 않는 게다.

"천룡맹의 입장이 정해지지 않으면 외부에서 잡음이 흘러나올 것이야. 패천성의 중축인 화산파는 보타암과 깊게 인연을 맺은 곳이다. 화산파가 이번 일을 기회로 천룡맹에게 영향력을 행사하려고 하면 어찌할 텐가? 설마 이런 것은 생각해보지도 못한 것인가? 그렇다면 내가 어찌 자네들을 믿고 큰일을 할 수 있겠는가!"

이곳에 있는 자들은 모두 태상의 계획과 밀접하게 관련이 있었다. 그렇기에 패천성과 천룡맹, 북부의 왕과 황실의 관계를 모르지 않았다.

만약 패천성이 천룡맹을 압박하는 그림이라도 만들어진다면 황실이 어떻게 반응할지는 불을 보듯 뻔했다.

게다가 보타암의 검후와 화산파의 매화검군(梅花劍君)은 성별을 초월한 우정을 나눈 것으로 유명하지 않던가.

이대로 시간을 끌면 패천성이 아니더라도 매화검군이 먼저 난리를 칠지도 모르는 일이었다.

태상의 말이 이어졌다.

"내가 그대들에게 묻는 것은 본가가 이번 일로 얻어야 할 것과 버려야 할 것이다!"

제갈수련은 태상을 힐끔 본 후 호흡을 가다듬었다.

태상의 분노가 폭발하기 직전, 그 순간에 나설 생각이었다. 아나나 다를까 태상의 숨소리가 극도로 거칠어지는 순간 제갈수련이 몸을 일으켰다.

"천뇌각주가 한 말씀 올리겠습니다."

"허락한다."

"천룡맹 절강지부에서 올라온 보고서를 보았습니다. 보타암은 잿더미가 되었고, 관음절에 참석한 전원이 해를 입었다고 하더군요."

"그래서?"

"검후에게 연리라는 제자가 있습니다."

"그걸 모르는 사람이 있더냐?"

"그녀가 살아 있습니다."

태상은 눈을 가늘게 뜨고 상체를 앞으로 내밀었다.

"관음절은 보타암의 제자라면 반드시 참석해야 하고, 주산군도의 명문 또한 주인이나 직계를 보낼 만큼 중요한 자리다. 한데 검후의 제자인 연리가 혈사에서 살아남았다는 것이냐?"

제갈수련은 고개를 내저었다.

"아예 참석하지 않았습니다."

"뭐라? 검후의 제자가 어째서!"

제갈수련은 대답대신 천뇌각의 문사들이 정리한 한 장의 서류를 올렸다.

"읽어보시지요."

태상은 제갈수련의 보고서를 보고 눈을 휘둥그레 떴다.

검후의 제자가 어째서 살아 있는지에 대한 이유가 상세히 적혀 있었다.

"정말이냐?"

"네! 검후와 몇몇을 제외하면 아무도 모릅니다."

"하면 본가는 앞으로 어떻게 해야 하겠느냐?"

"검후의 제자에게 보타암의 부흥을 꿈꾸게 합니다. 이에 대한 자금 지원은 천뇌각이 처리할 수 있습니다. 하지만 그 밖에……."

태상은 말꼬리를 흐리는 제갈수련에게 대꾸했다.

"무력은 빈객이 아닌 상천이 은밀히 잠입하여 돕는 것으로 하지."

"그렇다면 안심입니다. 이후 천룡맹은 보타암의 후인을 발견했다고 공표합니다. 맹 차원에서 명문의 부흥을 지원하겠다면 그 누구도 반대하지 못할 겁니다. 또한 패천성에도 이번 일에 협조를 구한다는 공문 한 장을 발송합니다."

"클클, 일이 생기면 도움을 청한다는 내용이렷다."

"그렇습니다. 공문을 보낸 이상 패천성은 본 맹이 도움을 요청하기 전까지는 움직일 수 없게 됩니다."

"제멋대로 움직이면 보타암의 멸문을 기회로 전쟁이라도 벌이는 것처럼 비춰질 게다."

문사들은 태상과 제갈수련이 주고받는 말에 눈이 휘둥그

레졌다. 마치 한 사람이 이야기하는 것처럼 척척 맞아떨어져 하나의 완벽한 대응 방법이 만들어지고 있지 않은가.

"그 후에는 검후에게 당장 보타암을 재건하는 것은 불가능하다는 것을 납득시킵니다. 그러니 일단은 천룡맹 절강지부와는 별개로 보타암 분원을 절강성 내에 설치하는 것으로 중지를 몰고 갑니다."

태상의 입꼬리가 올라갔다.

"클클, 보타분원의 위치는 절강성 북부의 천목산이 좋겠구나."

그제야 몇몇 문사들도 무릎을 치며 감탄했다.

천목산은 절강성 북부의 경계로 안휘성과 맞닿아 있을 정도였다. 그리고 천목산에서 하루 거리에 존재하는 것이 바로 남궁세가였다. 절정의 상급에 이른 무인이라면 반나절 만에 갈 수 있는 거리이기도 했다.

"남경과 천룡맹은 물론이고 무당파가 봉문한 까닭에 무당산 아래에도 지부가 존재합니다. 이제 보타분원까지 만들어 남궁세가를 압박한다면 남궁세가의 소가주도 오래 뻗대지는 못할 것입니다."

사면초가(四面楚歌).

물꼬가 트였는지 문사들은 줄줄이 쓸 만한 의견을 내놓았다.

"보타암의 재건이라는 명분은 태상의 입지를 더욱 드높일 수 있습니다. 게다가 재건과 함께 보타암의 영역이었던 주산군도에도 제갈세가의 영향력이 미칠 것입니다."

"이번 관음절 참사로 인해 동해팔군자가 모두 절명했다니 그 후손들도 검후의 제자와 함께 설득한다면 절강성의 절반이 태상을 우러르게 되겠군요!"

태상은 그제야 의관을 정제하며 대회의에 나설 차비를 끝냈다.

"수고했다."

오랜만에 그의 입가에는 옅은 미소가 맺혀 있었다.

제갈수련은 태상의 칭찬에 고개를 숙였다.

하나 속내는 달랐다.

'칭찬에 인색하시던 분이 선심을 쓰시는군요. 더 인색하셨어야 해요. 아직은 끝난 게 아니니까.'

잠시 후 제갈수련은 속내를 지우고 화사한 미소를 머금었다. 이처럼 쓸 만한 사람들이 모이는 경우는 흔치 않았다. 그러니 아군과 적을 가려내고, 쓸 만한 자는 포섭해야 하지 않겠는가.

누군가는 삶을 마감했기에 영위하지 못하는 시간.

자신은 그 시간을 그의 몫까지 열심히 사용할 작정이었다.

조롱삼옹의 대형인 상산노사가 상천의 무인에게 다가와 제갈수련을 소개했다.

"잠시 대화를 나눌 수 있겠습니까? 이쪽은 이미 아시겠지만, 이번에 총선주가 되신 대공녀외다."

제갈수련의 청아한 목소리가 회의실 어딘가에서 부드럽게 흘러나왔다.

"안녕하세요. 제갈수련이라고 합니다."

*　　　*　　　*

제갈수련은 처소에 돌아오자마자 이중을 불렀다.

천룡맹 내부에서 제갈수련이 정체를 드러냈으니 이중은 자신의 진짜 신분인 호위로 시간을 보내는 중이었다.

한데 천룡맹을 벗어나지 않는 제갈수련에게 위험 요소가 존재할 리 만무했다.

잠시 후 모습을 드러낸 이중의 얼굴에는 무료함이 가득했다.

"아가씨, 말동무가 필요하신 표정은 아닌걸요?"

이중의 말처럼 제갈수련의 표정은 냉랭했다.

최소한 이중을 대할 때만은 또래의 여아처럼 밝던 평소의 모습과 달랐다.

제갈수련은 뚫어져라 이중을 응시했고, 이중은 주인이 입을 닫았으니 말없이 자리를 지킬 뿐이었다.

"나는 조금 더 빨리 어른이 되기로 했어."

이중은 제갈수련의 말에 놀라지 않았다.

적운비의 죽음 이후 심경의 변화가 있었음을 지근거리에서 호위해 온 그녀가 모를 리 없었다. 오히려 그동안 잘도 참아 냈다는 생각이 먼저 들 정도였다.

"축하드려요."

"내 말이 무슨 뜻인지 알겠어?"

이중은 고개를 끄덕였다.

"네."

"그럴 줄 알았어. 하지만 내 입으로 말할 거야."

"왜요?"

"네가 눈치를 채는 것과 내가 직접 거론하는 것은 다르니까. 네가 눈치를 채고 모른 척할 수는 있어도 내 말을 들은 이상 못 들은 척할 수는 없을 테니까."

"……."

제갈수련의 눈빛에 강렬한 의지가 드리워졌다.

"난 제갈세가를 가질 거야."

이중이 반응하기도 전에 제갈수련의 말이 이어졌다.

"천룡맹도 가질 거야."

두 사람 사이에 고요함이 맴돌았다.

잠시 후 이중이 진지한 표정으로 물었다.

"적운비 때문에 결심하신 건가요?"

"아니."

"그럼 뭐 때문에 이런 결심을 하셨나요?"

제갈수련은 입꼬리를 올리며 담담한 어조로 말했다.

"이제는 능력이 되니까."

이중의 두 눈이 휘둥그레졌다.

제갈수련은 빙긋 웃으며 말했다.

"태상에게 보고해도 좋아."

이중은 무릎을 꿇고 읊조렸다.

"제가 따르겠습니다."

"어째서? 내 일거수일투족을 보고해야 하는 것이 네 임무 아니었어?"

이중의 입가에도 미소가 맺혔다.

"그때의 아가씨는 능력이 없었지요."

제갈수련은 고개를 끄덕였다.

응수하는 모습을 보니 자신의 곁에서 보낸 그녀의 시간이 헛되지 않았나 보다.

"좋아. 이것부터 처리해."

이중은 제갈수련이 내민 서찰을 받아 들었다.

"네가 가면 안 돼. 네가 했다는 흔적을 남겨서도 안 돼. 너와 관련이 있다는 증거도 남기면 안 돼."

제갈수련의 말에 이중이 모습을 감추며 한 마디를 남겼다.

"걱정 마세요. 안휘성에 제 친구들이 얼마나 많은데요. 저는 아가씨보다 친구가 많답니다."

＊　　　　＊　　　　＊

절강성 동려는 항주에서 시작된 수로가 끝나는 곳으로 온갖 상품의 집하 지점으로 유명했다.

다만 항주와 소흥의 명망이 대단하니 외부에 드러나지 않을 뿐이었다. 그러나 일자리를 구하려는 낭인과 상인은 물론이고, 항주에서 수로를 따라 흘러온 시인 묵객들이 즐비했기에 동려는 '조용한 항주'라는 별칭으로 불렸다.

그러다 보니 흑도의 무리가 창궐하는 것은 당연했다.

"저놈입니다."

장추삼은 수하가 가리키는 곳을 보며 침음을 흘렸다.

피골이 상접할 정도로 호리호리한 사내가 흐느적거리며 걸음을 옮기고 있었다. 일견하기에도 안색은 창백했고, 몸을 웅크린 채 걷는 것으로 보아 지친 기색이 역력한 자가 아닌가.

한데 장추삼과 수하는 빈민을 구제하는 의협이 아니었다. 그들의 시선은 사내가 품고 있는 작은 보퉁이에 꽂힌 채 움직일 줄을 몰랐다.

"크흠, 뭘 품고 있는 거지?"

수하 중 한 명이 말했다.

"제가 예전에 고관의 집에서 하인 노릇을 해서 보는 눈이 좀 있습니다. 저놈의 옷은 더럽고 낡았지만, 원래는 질 좋은 비단이었을 겁니다. 보자기도 범상치 않아 보이고요."

"클클, 몰락한 집안의 가보라도 되는 걸까?"

장추삼은 입맛을 다시더니 수하들을 향해 턱짓을 했다.

"저 앞의 골목에서 처리해."

"키킥! 가자!"

다섯 명의 왈패들이 발소리를 죽이며 흩어졌다.

으슥한 골목길에서 길을 막는 사람들에게서 호의를 바라기란 요원한 일이다.

장추삼의 수하들은 이런 일에 익숙한지 다짜고짜 흉기를 꺼내 들었다. 검붉게 녹슨 비수부터 쇳조각을 박아 넣은 몽둥이까지 일견하기에도 흉흉했다.

"형장, 길을 잃으셨나 보오?"

사내는 왈패들의 갑작스러운 등장에도 별다른 반응을 보이지 않았다.

"우리가 보이기는 합니까? 이봐! 이거 보여?"

왈패가 사내의 얼굴 앞에 비수를 흔들었다.

하나 사내는 여전히 가쁘게 숨을 몰아쉴 뿐이다.

"막내야. 뺏어."

왈패는 귀찮은지 턱짓을 했다.

걷는 것조차 힘겨워 보이는 사내가 아닌가.

말을 섞는 것조차 의미 없어 보였다.

그저 툭 밀면 툭 하고 쓰러질 게 뻔했다.

"이봐. 그냥 순순히 내놓고……."

퍽!

당장에라도 쓰러질 것만 같았던 사내의 손바닥이 왈패의 턱을 올려쳤다. 몸을 웅크리고 있던 탓에 왈패는 부지불식간에 솟구친 일격을 피하지 못했다.

골목의 음지에 숨어 있던 장추삼은 눈을 휘둥그레 떴다.

가장 먼저 떠오른 생각은 도주였다.

멀찍이서 지켜본 탓에 사내의 움직임을 훤하게 지켜볼 수 있었다. 한데 눈으로 보고 있으면서도 쫓지 못할 정도로 빠른 출수가 아닌가.

'무림인이다!'

하지만 장추삼은 도망치지 않았다.

오히려 수하들을 향해 소리쳤다.

"마지막 발악이다. 비틀거리잖아. 다 함께 덤벼!"

주춤거렸던 수하들은 그제야 안도하며 사내를 포위했다. 장추삼의 말처럼 사내는 마지막 힘을 쥐어짜 낸 사람처럼 비틀거리고 있었다.

양 무릎이 쉴 새 없이 떨리는 것으로 보아선 연기를 하는 것은 아닌 듯했다.

"이 새끼야!"

눈치를 살피던 왈패가 사내의 등을 냅다 걷어찼다.

그러고는 혹시나 하는 마음에 훌쩍 물러섰다.

하지만 사내는 이미 신음을 흘리며 나뒹군 후였다. 그럼에도 불구하고 보따리를 강하게 움켜쥐고 있는 것으로 보아선 정말 보물이라도 지니고 있는 사람처럼 보였다.

장추삼을 비롯한 왈패들의 눈빛은 더욱 흉흉하게 빛났다.

"죽여!"

욕망 가득한 일갈에 왈패들이 동시에 사내를 덮쳤다.

한데 그 순간 허공에서 빠르게 내리꽂히는 그림자가 있었다.

퍼퍼퍼펑!

청관을 쓰고, 자색 장포를 걸친 중년인이다.

그는 뒷짐을 진 채 대지에 발을 디뎠다.

하지만 장추삼을 비롯한 왈패들은 어느새 이 장 넘게 튕겨 나가 앓는 소리를 내고 있었다.

그저 옷자락이 만들어낸 경풍만으로도 이러한 신위를 보인 게다.

중년인은 멋들어지게 기른 수염을 쓰다듬으며 담담한 한 마디를 흘려냈다.

"걸을 수는 있을 터, 모두 물러가거라."

장추삼을 비롯한 왈패들은 사색이 된 채 황급히 골목을 떠났다.

사내는 그제야 비틀거리며 몸을 일으켰다.

"감사합니다. 은공."

하나 여전히 품 안의 보퉁이를 꽉 움켜쥐고 있었다.

중년인은 인자한 표정으로 혀를 찼다.

"본래 겉으로 드러낼 수 없는 신분인지라 그냥 떠나려 했었네. 한데 자네의 출수를 보니 짚이는 곳이 있어 개입하게 되었다네."

사내는 몸을 더욱 웅크렸다.

중년인은 사내의 명문혈에 자신의 손을 댔다.

잠시 후 정순한 진기가 흘러들었고, 사내는 검붉은 핏물을 토해내야 했다. 죽은피가 빠져나온 건지 사내의 얼굴에는 그제야 화색이 돌았다.

"혹시 자네는 보타암의 속가와 관련이 있는가?"

사내는 화들짝 놀라며 몸을 웅크렸다.

"아, 아닙니다. 저는 그런 곳을 모릅니다."

하지만 목소리의 떨림이 고스란히 전해진다.

중년인은 그 모습에 슬그머니 미간을 찡그렸다.

"분명 사정이 있을 터, 하나 사문조차 제대로 밝히지 못하는 소인배라면 가까이하고 싶지 않군."

사내는 고개를 숙인 채 말을 잇지 못했다.

중년인은 혀를 차며 몸을 돌렸다.

동시에 발목까지 늘어진 장포가 너울거리며 찰나 간 사내의 시야를 가득 채웠다.

'매화?'

장포의 안감에는 희고, 붉은 매화가 새겨져 있었다. 그것으로 보아 중년인은 장포를 뒤집어 입고 다니는 것이 분명했다.

그 순간 뇌리에 떠오르는 사람이 있었다.

그라면, 정말 그라면 믿을 수 있다.

사내의 평소 성격대로라면 이처럼 성급하게 행동하지 않았을 것이다. 하지만 이미 피폐해진 마음과 당장 쓰러져 죽어도 이상할 것 없는 몸뚱이가 그를 변하게 만들었다.

"자, 잠시만!"

중년인은 돌아서며 미간을 찡그렸다.

사내가 갑자기 무릎을 꿇고 고개를 조아리고 있었기 때문이다.

"무슨 짓인가?"

"매화검군이시지요?"

"……."

사내는 고개를 들고 매화검군의 눈을 똑바로 쳐다봤다.

그의 인생에 있어서 누군가와 이처럼 직접적으로 시선을 교환한 것은 처음이라 할 수 있었다.

중년인의 강렬한 눈빛은 태양보다 강렬하게 사내의 눈동자를 자극했다.

그래도 피하지 않았다.

길지 않은 생에서 스스로 선택한 최초의 결정.

사내는 마지막 남은 힘을 짜내 말했다.

"저는 금검문의 제자, 봉일평이라고 합니다."

第六章

화무십일홍
(花無十日紅)

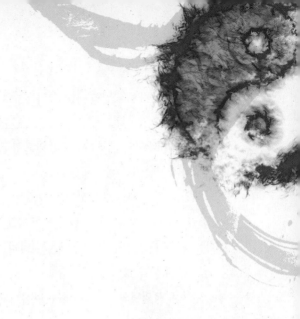

　중년인과 봉일평은 골목을 벗어나 당려 외곽으로 향했다. 주루와 객잔이 즐비하게 늘어선 곳을 지나 인적이 드문 다루에 들어섰다.

　두 사람은 자연스럽게 다루의 구석진 곳에 앉았다.

　점소이는 금이 간 다구를 내려놓고 잽싸게 창가로 향했다. 그러고는 턱을 괴고 꾸벅꾸벅 졸며 잠을 청하는 것이 아닌가.

　중년인은 잠시 봉일평을 응시하다가 장포를 슬쩍 걷었다. 그러자 허리춤에 매달린 장검이 슬그머니 모습을 드러냈다 사라진다.

　자색 수실로 수놓은 매화 네 송이.

당금 화산파의 장문인이 다섯 송이를 수놓았으니 중년인의 신분을 짐작할 만하다.

"사자매화(四紫梅花)! 매화검군이 맞으셨군요."

봉일평의 얼굴에 화색이 돌았다.

중년인은 눈을 가늘게 뜨고 침음을 흘렸다.

"조금 전에도 그랬지만, 자네 안력이 좋군. 짧은 순간 백홍매화는 물론이고, 사자매화까지 알아보다니."

"궁핍하게 살다 보니⋯⋯."

중년인은 봉일평의 안색과 복장을 살피고 고개를 끄덕였다.

"그런가? 자네의 말처럼 내가 매계의 문백경일세. 강호 동도들이 매화검군이라 부르기도 하지."

매계(梅系)란 화산의 문도가 스스로를 칭하는 말이다.

"화산쌍검 중 한 분을 뵙게 되어 영광입니다."

봉일평의 눈빛에서 경계심이 사라진 것처럼 문백경 또한 마찬가지였다.

"자네가 출수하던 모습과 성씨를 보니 내 생각이 맞은 듯하군. 동해팔군자인 봉천록이 자네의 아비인가?"

"그렇습니다. 어릴 때 아버지께서 인사를 시켜주신 적이 있습니다. 보타암의 지인을 뵈러 오셨을 때였지요."

"자네는 모르겠지만, 금검문을 방문했던 기억이 있네. 게다가 당시 자네의 아비가 내 서찰을 보타암에 전해주고는 했지. 참 좋은 사람이었어. 한데 감사를 표하기도 전에 횡액을 당하게 되었으니 참으로 안타깝군."

"보타암과 주산군도의 무인들은 비록 천룡맹에 속했으나, 화산파를 남으로 여기지 않았다고 들었습니다."

문백경은 자신의 옷차림을 가리키며 쓴웃음을 지었다.

"자네들만 그랬을 뿐이지. 천룡과 패천이 같은 뿌리라고는 하나 당금 강호에서는 아군도 아니고 적도 아닌 상태라네. 그러다 보니 내가 천룡맹의 영역에서 본모습으로 돌아다닐 수는 없는 노릇이야. 그래서 조문조차 제대로 가지 못한 채 흉수를 찾아 떠도는 형편이라네."

봉일평은 문백경을 보며 탄성을 흘렸다.

화산쌍검, 매화검군, 패천성 외단의 부단주.

이처럼 문백경은 패천성 내에서도 수위에 꼽히는 중요 인물이었다.

그런 그가 천룡맹과 패천성의 알력 사이에서도 의리를 지키고자 절강성을 떠도는 모습에 감탄을 금치 못한 것이다.

"내게 무슨 일이 있었던 건지 얘기해 줄 수 있겠는가?"

봉일평은 찻물로 입을 적신 후 한숨과 함께 입을 열었다.

*   *   *

봉일평은 암은을 비롯해 보타암을 습격했던 무인들이 모두 떠난 후에도 은기진을 벗어나지 않았다.

철관 사태의 유지는 너무도 강렬했고, 보타암을 수색하던 괴인들의 행색 또한 너무도 두려웠기 때문이다.

그는 좁은 공간에 마련된 벽곡단으로 연명하며 참고 또 참았다. 주산군도의 무인들이 찾아왔을 때에도 참았다.

'믿을 수 없어.'

그들이 장례를 치르고, 흉적을 찾아 수색할 때에도 숨을 죽였다. 그 후 천룡맹 절강지부의 무인들이 나타났을 때에도 마찬가지였다.

'저들도 믿을 수 없어.'

봉일평은 힘이 닿는 한 참고, 또 참았다.

무슨 일이 있어도 자신이 품고 있는 것을 전해야 했고, 자신이 들은 것을 알려야 했다.

한데 그러던 중 은기진이 풀려버린 것이다.

이유야 어찌 됐든 그대로 숨어 있을 수는 없는 노릇이었다.

결국 봉일평은 나루터에 놓여 있던 조각배를 타고 섬을 빠져나왔다. 육지에 도착한 후 무인들의 눈을 피해 외진 곳만을 골라 다녔다.

그러다 보니 지친 것은 당연했고, 어쩔 수 없이 당려를 지나야 하는 과정에서 변고를 당할 뻔한 것이다.

　문백경은 저간의 사정을 들은 후 무거운 숨을 토해냈다. 강호의 호사가들이 떠드는 것보다, 정보 단체들이 모아 놓은 정보보다 무서울 정도로 엄청난 비사(秘事)가 아닌가.

　"이 모든 것이 사실이라면 그야말로 사도련은 천하의 공적이 아닌가?"

　"더 무서운 것은 따로 있습니다. 확실하지 않지만 흉수들은 사마외도만 있는 것이 아니었습니다. 각지의 말투를 사용했고, 살육을 벌인 악귀들 치고는 너무도 정적인 분위기를 유지하더군요."

　"흉성이 폭발하여 살기가 진동했을 텐데……."

　봉일평은 고개를 내저었다.

　"모르겠습니다. 그런 자들도 있었고, 아닌 자들도 있었습니다. 또한 흉수들끼리도 거리를 두는 모습을 제 두 눈으로 목격했지요."

　문백경은 암담한 표정으로 연방 한숨을 내쉬었다.

　"흐음, 한시바삐 천룡맹과 패천성에 알려서 대응책을 찾아야겠군."

　"그보다 검후의 제자를 찾아가야 합니다."

　봉일평은 그 말을 끝으로 입을 닫았다.

매화검군에게 비화를 전했지만, 철관 사태의 유지까지 전하지는 않았기 때문이다. 이것은 오직 검후의 제자인 연리에게게만 허락된 것이라 믿었다.

문백경은 봉일평의 표정에서 굳은 의지를 엿보았다.

'저 보퉁이가 무엇이기에……'

하나 봉일평에게서 악의를 찾기란 요원했다. 게다가 검후의 제자라면 문백경에게 있어서도 남이 아니지 않은가.

"알았네. 철장문으로 가세."

매화검군과 함께 가는 여정에 위기가 있을 리 만무했다.

봉일평은 천목산 기슭에 자리한 철장문의 전경을 보며 탄성을 흘렸다.

보타암의 혈사가 일어난 지도 벌써 수십 일이 지나지 않았는가. 이제야 철관 사태가 지워준 짐을 내려놓을 수 있다는 기쁨에 절로 눈시울이 붉어질 정도였다.

하나 철장문에 도착했다고 모든 일이 끝난 것은 아니었다. 검후의 제자가 행방불명 됐다는 소문이 저잣거리에 파다했기 때문이다.

*   *   *

보타암이 멸문했다는 소식은 이제 새로울 것도 없었다.

제아무리 중원이 넓다 해도 한 달이라는 시간이 흐르면 모르는 이가 없게 되지 않겠는가. 모든 이가 슬픔을 감추지 못했고, 향후 다가올 무언가에 대해 위기감을 느끼게 됐다.

결국 무인들이 의지할 곳은 천룡맹뿐.

천룡맹은 검후의 제자가 살아 있음을 밝히며 보타암의 명맥이 끊어지지 않았음을 강조했다.

무인들은 안도의 한숨을 내쉬었다.

그들의 마음속에서 보타암이란 존재는 평화를 대변했기 때문이다. 검후의 제자가 존재한다는 말만으로도 보타암은 멸문하지 않았다고 여겼다.

그야말로 이장폐천(以掌蔽天)과 다름이 없다. 손바닥으로 하늘 가리란 말이다. 그들에게 어차피 보타암의 흥망은 중요하지 않았다.

천 리 너머의 문파가 아닌가. 그날 먹을 것과 잠자리를 중시하는 이들이 부지기수였다. 그저 세상이 살만 하고, 평화롭다고 믿기 위해서 검후의 제자를 응원할 뿐이다.

언제나 그렇듯 마음으로만 말이다. 하나 그것도 그리 오래가지는 못했다. 검후의 제자가 사라진 것이다.

그로 인해 당장에라도 검후의 제자와 함께 보타암을 재건할 것처럼 보였던 천룡맹의 행보는 난항을 겪기 시작했다.

시간이 흐를수록 온갖 소문이 떠돌았고, 그렇게 조성된 부정적인 감정이 비난으로 변질되기에는 그리 긴 시간이 필요치 않았다.

그도 그럴 것이 보타암의 멸문 시기를 따지다 보니 절묘하게 군웅회와 겹친 것이다. 제 식구도 챙기지 못하면서 잔치나 벌였다고 온갖 비난의 화살이 꽂혀 들었다. 게다가 대회의를 주최하며 천명했던 보타암 재건 계획 또한 허점투성이라며 비웃음까지 당해야 했다.

태상으로서는 더없이 치욕적인 상황이었다.

지금껏 단 한 번도 겉으로 드러난 실수가 없었기에 분노는 머리끝까지 치솟았다.

쾅!

태상의 주먹질에 의자의 팔걸이가 우그러들었다.

"도대체 내가 얼마나 웃음거리가 되어야 만족하겠는가?"

천급의 빈객들은 더욱 고개를 숙였다.

지금껏 태상에게 극진한 대접을 받아왔던 상천의 인사들도 시선을 회피하며 헛기침을 하기에 급급했다.

오직 태상의 바로 아래 자리에 앉아 있는 제갈수련만이 냉랭한 표정으로 좌중을 내려다볼 뿐이었다.

"계획은 완벽했습니다. 저는 여러분에게 무리한 일을 부탁하지 않았다고 생각합니다. 한데 어째서 일이 이렇게 됐을까요?"

황궁대학사 출신의 연자광이 몸을 일으켰다.

그는 상천에 속했지만, 천뇌각의 부각주도 겸인했기에 발언이 자유로웠다.

"검후의 제자를 찾아내지 못한다면 천룡맹의 위상을 회복하기란 요원합니다. 또한 본가의 계획이 누설됐을 가능성이 존재하니 따로 인원을 꾸려 불순분자를 찾아내야 할 것입니다."

태상의 숨소리가 더욱 거칠어졌다.

연자광의 발언이 마뜩치 않은 것이다.

상천과 천급 빈객의 무리에서 불순분자가 나왔다는 것은 곧 태상의 지도력에 흠집이 났음을 의미했다.

제갈수련이 때마침 중재에 나섰다.

"지금은 검후의 제자, 연리를 찾는 것이 최우선입니다. 철장문으로 사람들을 더 보내세요. 천룡맹의 명패를 지니고 주변을 탐문하면 분명 우리가 놓친 연리의 흔적을 찾아낼 수 있을 겁니다."

연자광이 고개를 끄덕였다.

"지금 당장 시행하겠습니다."

태상은 연자광을 향해 손을 내저었다.

하나 잠시 후에는 노기를 참기 어려웠는지 자리를 박차고 일어났다.

"나를 더욱 실망하게 만들지 마시오!"

제갈수련은 태상이 떠난 후에야 몸을 일으켰다.

찰나 간 그녀의 눈가가 휘어졌다가 돌아왔다.

회의실에 모인 문사들은 제갈수련에게서 돌파구를 찾으려
했다.

"일단은 이렇게 하는 것이 어떨까요?"

제갈수련의 부드러운 한 마디를 시작으로 문사들의 시선이
집중됐다.

화무십일홍(花無十日紅)이라.

그것은 제갈세가 또한 피해갈 수 없는 진리였다.

*　　　　*　　　　*

제갈수련이 의지를 품고 스스로 행보를 정했을 때 적운비
는 세월의 흐름을 벗어난 상태였다.

그를 빗겨나게 한 지고의 화두.

번뇌(煩惱).

그것은 경계가 없이 무한하다.

인간 본연의 업보이기에 누가 어찌할 수 없는 절대적인 천
하의 이치였다. 똑똑하다고, 돈이 많다고, 힘이 강하다고 해서

벗어날 수 있는 것이 아닌 게다.

한데 번뇌함으로 인해 혜검에 도달한다.

혜검은 천하의 이치를 논하는 검법이 아닌가.

술(術)이 아니고 공(功)이 아닌 법치(法治)인 것이다.

그러니 혜검은 번뇌의 굴레를 끊어버리는 지혜다.

머리로 쌓은 지식이 아니라 마음으로 풀어낸 지혜로 천하의 이치를 다스린다.

삼라만상(森羅萬象)의 요체를 품는 행위.

무당에서 그것을 혜검(慧劍)이라 부르는 것이다.

적운비는 몇 날 며칠 동안 번뇌라는 이름의 여행을 떠났다.

적운비는 넋이 나간 사람처럼 흐느적거리며 걸음을 내디뎠다. 구궁무저관과 무장선을 일치시킨 사람의 모양새라고는 보기 힘들었다.

가까이서 보면 그의 몰골은 더욱 가관이다.

눈동자는 술이라도 마신 것처럼 풀려 있었고, 피부는 질환이라도 겪는지 울긋불긋했다. 게다가 탁한 숨을 연방 쏟아내는 입가에는 백태까지 가득하지 않은가.

탈수와 탈진이 겹친 것처럼 보였다.

적운비는 양의심법으로 인해 정순한 내공을 지니고 있었다. 한서불침은 물론이고, 웬만한 독은 절로 정화시킬 정도였다.

그러니 밥을 조금 거른다고, 날을 샜다고 해서 이처럼 망가질 이유가 없었다. 게다가 이미 구궁무저관에 가득한 선기를 자연스럽게 호흡하던 경지가 아닌가.

그러나 적운비의 지금 모습은 당장에라도 쓰러질 것처럼 위태로웠다.

주화입마에 걸린 것치고는 너무 괴상한 몰골이다.

"흐으으으."

이상한 신음을 흘리며 비틀거린다.

이튿날도, 그 이튿날도 마찬가지였다.

과도하게 주입된 선기로 인해 문제가 생겼다고 우려하지 않을 수 없는 상황이었다.

그럼에도 불구하고 적운비는 쓰러지지 않았다.

그저 구궁무저관의 귀신이라도 된 것처럼 한없이 미로를 헤맬 따름이었다.

*   *   *

무당파는 봉문 이후 악화일로를 걸었다. 제자들의 이탈이 가속됐고, 삼대 제자 중 예하 제자들은 대부분 집안 문제와 건강을 이유로 하산했다. 심지어 이대 제자들까지 야반도주를 했으니 문파의 존립이 위태로운 지경이었다.

게다가 속가의 지원도 하나둘씩 끊겨서 무당파는 끼니까지 걱정해야 할 처지였다. 다행히 위지혁의 본가인 운해상단에서 전폭적으로 지원을 했으나, 그것이 언제까지 이어질지는 아무도 모르는 일이었다. 제갈세가의 수족이나 다름없는 천룡대상단의 견제가 날이 갈수록 심해졌기 때문이다.

무당의 문도들은 웃음을 잃었고, 시간이 흐르자 의욕까지 잃어버렸다.

한데 그들 중에서도 넋이 나간 사람은 따로 있었다.

하오문 소속으로 무당파에 파견된 조상이 바로 당사자였다. 한때 태청관에서 백이강, 왕차재와 더불어 촉망받던 기재가 아니던가.

하지만 그는 그 이상 열의를 다하지 않았다.

그도 그럴 것이 어차피 언젠가 하오문으로 돌아가 중임을 맡을 것이라 기대했다.

그렇기에 그는 진무재 때 기꺼이 예하제자로 남았다.

한데 문제는 천룡학관의 입관이 정해진 후부터였다.

제갈세가와 화평의 길이 열렸고, 평범한 일상만 지속된 것이다. 그러던 중 삼대 제자 중 핵심이라 할 수 있는 자들이 모두 천룡학관을 떠났다.

이제 하오문에 보고할 사안도 없었고, 상부에서 오는 연통도 줄어들었다. 동시에 개인적으로 유용이 가능했던 활동비는 완전히 끊겼다.

무기력하게 하루를 보내던 그에게 다시금 기회가 찾아왔다. 천룡맹이 무당파를 압박하기 시작한 것이다. 대공녀를 필두로 한 무인들이 무당산을 뒤질 때 속으로 얼마나 웃었던가. 하오문의 끊겼던 지원은 이어졌고, 삽시간에 지위도 올라갔다. 하지만 안 될 놈은 안 된다는 말은 고금불변의 진리인가 보다.

무당파는 용호적문이 열리던 날 봉문했다. 다시 하오문의 관심이 멀어진 것은 당연한 일이었다. 그날 이후 조상은 삶의 의욕을 잃고 무기력한 나날을 보냈다.

그야말로 끈 떨어진 연처럼 되어 버린 게다.

오늘도 그는 양지바른 곳에 앉아서 멍하니 허공을 응시하고 있었다.

'무당파가 망하니까 좋은 점도 있군.'

무당삼청은 출입을 삼갔고, 중진이라고 할 수 있는 일대와 이대는 자신의 앞길을 추스르기도 바빴다. 그러니 제자들의 수련을 일일이 신경 쓸 리가 만무했다. 누구의 눈치도 보지 않고 쉴 수 있는 여건이 마련된 것이다.

'백이강은 폐관수련 중이고, 왕차재는 반병신이 됐고, 적운비는 죽어버렸어. 이깟 문파에 배정받고 좋아했던 내가 병신이지! 하아, 내 미래도 아주 좋났구나.'

조상은 탄식을 하다가 귀를 쫑긋거렸다.

삼대 제자의 대화가 들려온 것이다.

"진짜 내려갈 거냐?"

"글쎄다. 집에서는 하루라도 빨리 내려오라는데…… 그냥 내려가면 모양새가 안 좋잖아."

"임마! 형문파야. 형문파에서 오라잖아! 모양새가 중요하냐?"

"조용히 해! 누가 들을라. 형문파에서 속가로 받아준다니까 아버님은 마음을 굳히신 듯해. 한데 내가 냉큼 웃으면서 갈 수는 없잖아."

"쯧쯧, 형문파는 운검문을 흡수하고……."

제자는 주변을 살피고는 목소리를 낮췄다.

"무당파보다 득세하는 상황이라고."

"그걸 누가 모르냐? 명분이 문제지! 명분!"

"아프다고 해."

"역병이라도 돌았냐? 이미 아프다고 하산한 사람이 얼마나 많은데."

부러워하던 제자가 눈치를 보더니 슬그머니 말했다.

"내가 방법을 한번 찾아볼게. 대신 부탁이 있다."

"혹시 너희도?"

"우리 상단도 빨리 뒷배를 구해야 해. 형문파에 줄만 대주면 앞으로 상행할 때 너희 방도를 표사로 채용할게."

"가능하겠어?"

"우리도 막다른 길이야. 가능하게 만들어야지."

"좋아. 아버님께 연통을 넣겠어."

제자들의 대화를 엿듣던 조상은 고개를 내저었다.

저런 일은 비일비재했다. 이제는 놀랍지도 않다.

오히려 단체로 떠나줬으면 하는 것이 솔직한 속내였다.

한시라도 빨리 망해야 자신도 살길을 찾지 않겠는가.

조상은 갑자기 키득거렸다.

"그놈들마저 때려치웠을 정도니까 조금만 더 버티면 되겠지."

그가 떠올린 것은 북두천강진을 익히던 예하제자들이었다. 특히 소대령은 적운비만 거론하면 자다가도 벌떡 일어날 정도로 그를 따르지 않았던가.

한데 언제부터인가 소대령을 비롯한 예하제자들은 수련을 등한시했다. 그리고 얼마 전에는 조상조차도 놀랄 만한 일이 벌어졌다.

수련관의 사환이었던 석생이 야반도주를 한 것이다.

무당파를 향한 충성이 남다르던 자였다. 하기는 기껏 고생해서 제자가 되었는데 문파가 망했으니 억울하기도 했을 게다. 그뿐 아니라 적운비와 함께 입산했던 북풍이 되돌아간 것이다.

공교롭게도 석생과 북풍의 입문을 허락한 사람이 벽천 진인이었다. 어찌 보면 벽천 진인이 잠적한 이유는 문도들을 볼 낯이 없어서일 수도 있을 터였다.

조상은 턱을 괴고 한숨을 내쉬었다.

"아! 빨리 죄다 도망쳐라. 나도 좀 살자."

                    *   *   *

호운도관은 무당의 일대, 벽귀자의 처소였다.

그는 무당을 등진 후 도관을 세웠다.

그러나 세월이 약이라 했던가.

벽귀자는 손자인 북풍을 무당파로 보냈고, 예전과 달리 조금씩 교류를 이어갔다.

한데 그러한 상황치고는 벽귀자의 앞에 앉아 있는 머릿수가 너무 많다.

"좋구나."

벽귀자는 북풍과 함께 앉아 있는 여섯 명의 청년들을 보며 웃었다. 그들은 소대령과 석생을 비롯한 북두천강검진의 구성원이다.

장문인의 명으로 소집됐던 이들은 시간을 두고 한 명씩 하산을 했고, 제각기 눈에 띄지 않게 호운도관으로 모인 게다.

"천강공을 익힌 너희들을 보니 전대의 천강칠도를 보는 것 같구나. 그분들에게 부끄럽지 않도록 정진하고 또 정진하거라."

소대령을 필두로 모두 고개를 숙였다.

"명심하겠습니다!"

벽귀자의 덕담은 한참 동안 계속됐다. 다시는 자신과 같은 일이 벌어지지 않기를 바라며 말이다.

잠시 후 문이 열리며 방갓을 쓴 노인이 들어섰다.

벽귀자는 묵례를 했고, 제자들은 모두 일어나 예를 표했다.

"시간이 없다."

노인의 정체는 무당산 자소궁에 있어야 할 벽천자였다.

호운도관은 무당산에 있었으나, 명백히 무당파의 영역 밖이었다. 그러니 누군가 벽천자를 보기라도 한다면 그야말로 일대 파란이 일어날 것이 분명했다.

벽천자는 자신 앞에 앉은 일곱 명의 문도를 보며 흐뭇하게 웃었다.

파문을 감수하고 하산한 길이다.

그럼에도 불구하고 그의 눈빛은 신뢰로 가득했다.

지난 수년간 지켜봤고, 지난 몇 달간은 직접 가르치며 함께 지내지 않았던가.

"드디어 때가 왔다. 너희들이 무엇을 해야 할지 알고 있느냐?"

소대령은 거칠게 숨을 몰아쉬었다.

아직도 적운비의 죽음을 믿지 않는다. 그러나 시간이 흐르면서 반석 같던 마음도 조금씩 흔들리기 시작했다.

한데 이제는 직접 나서서 찾을 수 있게 된 것이다.

그렇기에 소대령은 듬직한 목소리로 대꾸했다.

"호북 일대를 돌며 운비의 흔적을 찾겠습니다."

벽천자는 고개를 끄덕였다.

"그래. 운비가 향한 곳이 어디인지, 그리고 어디로 나올지는 아무도 모른다. 하나 결코 호북성을 벗어나지는 않았을 터! 너희들은 파문 제자의 신분으로 강호를 떠돌아야 한다. 마지막으로 묻겠다. 후회하지 않겠느냐?"

벽천자의 마지막 호의였다.

저들은 이제 무당파는 양의심법과 면장으로 재건을 꿈꾸고, 적운비가 살아 돌아오면 문파를 부흥시킨다는 희망 하나로 파문 제자의 신분이 되어야 했다.

만약 무당파가 예전의 세를 허락하지 못한다면 저들은 평생 파문 제자의 낙인을 지닌 채 문파를 등진 배덕자라며 욕을 먹게 될 것이다.

그리고 무당삼청은 평생 죄책감을 짊어져야 했다.

그도 그럴 것이 벽천자의 표정에는 지금도 직접 나설 수 없는 현실에 대한 자괴감이 그득하지 않은가.

"바라 마지않던 일입니다!"

이번에는 소대령뿐 아니라 일곱 명이 동시에 대답했다.

벽천자도 더 이상 이들을 시험하지 않았다.

"무당의 도복을 입지 못하고, 무당의 도호를 읊조리지 못하며, 무당의 제자임을 드러낼 수 없다. 변복을 한 채 부평초처럼 떠돌아야 한다."

소대령이 손을 모으며 고개를 숙였다.

"하나 협의지심을 잊지 않겠습니다."

북풍과 석생이 뒤를 이었다.

"측은지심 또한 잊지 않고, 구민에 힘쓰겠습니다."

"뿌리는 남에게 알리는 것이 아니라 마음에 담겠습니다."

벽천자가 몸을 일으켰다.

그는 삼대 제자들에게 기꺼이 포권을 했다.

"너희는 언제까지나 무당의 제자다."

삼대 제자들이 일제히 일어나 검을 뽑으며 읊조렸다.

"반드시 운비와 함께 돌아와 무당파의 도적에 오르겠나이다!"

第七章

칠성검진(七星劍陣)

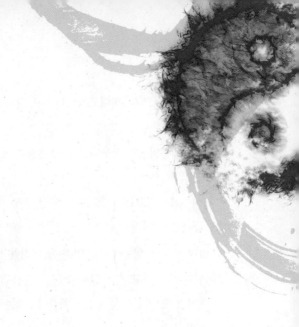

문백경과 봉일평은 며칠 동안 철장문 주변을 돌았다.

하나 어디에서도 검후의 제자인 연리의 흔적을 찾을 수가 없었다. 더욱 답답한 것은 천룡맹의 세작들로 보이는 자들이 사방에 깔린 탓에 철장문 내부에는 들어가지도 못한 것이다.

봉일평은 앞서 걷고 있는 문백경을 보며 자신도 모르게 헛웃음을 지었다.

그가 문백경에 대해 알게 된 것은 그리 많지 않았다.

하지만 세간의 평가와 달리 문백경은 소탈하고, 경쾌했다. 바람처럼 자유로운 언행은 경박하기보다 상대를 기분 좋게 만드는 힘이 있었다.

'여자를 밝히고, 제멋대로라더니…… 역시 소문은 소문일 뿐이로구나.'

문백경은 봉일평의 헛웃음을 들었는지 고개를 돌리며 말했다.

"자네 지금 검후와 나와 관련된 소문을 떠올린 것 아닌가?"

봉일평은 눈을 휘둥그레 뜨며 손을 내저었다.

"아닙니다! 그리고 저는 그런 소문을 믿지 않습니다."

문백경의 표정에 어둠이 드리워졌다. 그는 이내 쓴웃음을 지으며 말했다.

"후훗, 소문이라…… 그래, 소문으로 끝났어야 했지. 세상이 이 모양 이 꼴이니 소문으로 남았어야 하는 관계였어."

'설마?'

문백경은 허공을 응시하며 한숨을 내쉬었다.

"한데 지금은 숨기고 살았던 지난 세월이 너무 아쉽구나. 문파나 맹의 일 따위가 뭐라고 그리 연연했는지."

그 순간 매화검군의 장포가 저절로 부풀어 올랐다.

봉일평은 기세만으로도 인상을 써야 했다.

문백경의 얼굴이 붉게 달아올랐다.

"이번 일에 관련된 자는 결코 용서하지 않을 거야."

기세가 더욱 강렬하게 퍼졌다.

봉일평은 참다못해 나직이 신음을 내뱉었다.

"서, 선배님."

문백경은 그제야 겸연쩍은 표정을 지으며 기세를 갈무리했다.

"이런, 미안하네. 아직은 마음이 편치 않군. 어디 가서 속 시원히 털어놓을 수도 없는 이야기니까."

봉일평은 괜찮다며 손을 내저었지만, 문백경은 까마득한 후배 앞에서 추태를 보였다고 여겼나 보다.

그는 헛기침을 하며 화제를 돌렸다.

"그나저나 여비가 모두 떨어졌으니 큰일이로군."

봉일평은 겸연쩍은 표정을 지었다.

"죄송합니다. 제 약값이 너무 많이 나왔지요."

문백경은 빈 주머니를 흔들며 말했다.

"클클, 탓하려는 게 아니네. 어쨌든 주머니가 비었으면 채워야겠지."

"네?"

봉일평은 의아한 표정을 지었다.

패천성의 영역이라면 매화검군의 등장만으로도 안면을 트려는 무인들이 줄을 설 것이다. 하나 이곳은 천룡맹의 영역이었고, 패천성과 가장 멀리 떨어진 곳이 아닌가.

정체를 드러내는 순간 패천성과 천룡맹의 정치적 문제가 될 것이 분명했다.

"나만 믿고 따라오게."

봉일평은 불안한 표정으로 매화검군의 뒤를 따랐다.

'될 수 있으면 은밀하게 다니려 했는데……'

두 사람이 도착한 곳은 철장문에서 이십 리 정도 떨어진 작은 마을이다.

문백경은 장원처럼 보이는 문파의 입구에 섰다.

그는 소화문(素華門)이라는 현판을 앞에 두고 고개를 숙였다. 봉일평은 낯선 문파였지만, 문백경을 따라 예를 표했다.

"소화문은 여인들의 문파로 장구한 역사에 비해 드러나지 않은 곳이야. 하지만 언제나 제세구민과 척마멸사의 의지를 잃지 않았지. 지금이야 세를 잃었지만, 과거를 잊지 않은 자라면 반드시 예를 표해야 마땅할 것이야."

"이런 곳이 있는 줄은 몰랐습니다."

"후훗, 검후를 몇 번이나 배출한 곳이거늘……"

봉일평은 문백경의 말에 놀람을 감추지 못했다.

"그런 표정 짓지 말게. 소화문은 단 한 번도 공을 드러낸 적이 없었으니까."

"그렇군요."

문백경은 봉일평이 다시 한 번 예를 표하는 모습에 옅은 미소를 지었다.

한데 소화문의 열리며 노사태가 모습을 보였다.

"어떻게 오셨는지요?"

문백경은 대답 대신 장포를 슬쩍 걷어 내피의 매화를 드러냈다. 노사태는 그제야 문백경의 신분을 눈치채고 눈을 휘둥그레 떴다. 하나 이내 회한이 가득한 눈빛과 담담한 미소를 보이며 청했다.

"들어오시지요."

문백경은 노사태를 향해 고개를 숙였다.

노사태는 무공을 익히지 않았지만, 소화문에 있다는 사실만으로도 존중받아 마땅하다고 여긴 것이다.

"감사합니다."

소화문의 내부는 외부에서 보던 것과 크게 다르지 않았다. 마치 산사의 고즈넉함을 그대로 재현한 것처럼 아늑한 분위기였다.

봉일평은 문백경을 뒤따르다가 조심스럽게 물었다.

"설마 여기서 여비를 구하시려는 겁니까?"

"자네의 아비가 내 서찰을 어찌 받았겠는가? 표국을 통하면 금세 알려질 텐데."

"아! 소화문에서 중간 역할을 해주셨군요."

문백경은 소화문의 풍광을 즐기며 말했다.

"보타암과 소화문은 남이 아니야. 게다가 소화문의 겉모습만 보고 평가하지 말게."

봉일평은 문백경의 말을 듣자, 조금은 편안한 표정으로 뒤따를 수 있었다.

노사태는 두 사람을 정자로 안내했고, 다구를 가져왔다. 문백경은 주변을 두리번거리다가 노사태에게 물었다.

"한데, 묘언 사태께서는 어디 가셨나 봅니다."

노사태는 대답 없이 빙긋 웃으며 차를 권했다.

문백경은 급한 와중에도 이상한 느낌이 들었으나, 차를 마시고, 식사까지 끝냈다. 노사태에게서는 기이할 정도로 편안한 기세가 흘러나왔기 때문이다.

잠시 후 노사태가 담담한 어조로 말했다.

"이제야 두 분의 안색에 활력이 도는군요."

문백경은 어색하게 웃었다.

"그리 피폐해 보이던가요."

"어차피 이뤄질 일이라면 이뤄지는 법입니다. 중생은 그저 이뤄질 때를 대비해 끊임없이 몸과 마음을 갈고 닦아야겠지요."

"좋은 말씀 감사합니다. 그리고 잘 먹었습니다."

노사태는 환하게 웃었다.

"검군께서 이곳에 오셨으니 운명이라는 녀석을 조금 더 믿어도 되나 봅니다."

"무슨 말씀이신지……."

"묘언과 제자들은 이곳에 없습니다."

문백경은 슬그머니 자세를 바로 했다.

소화문주인 묘언 사태에게 하대를 하니 노사태의 배분은 그보다 위라는 뜻이 아닌가. 그렇다면 화산파의 매화검군이라고 할지라도 편히 대할 상대는 아니었다.

"보타암에 변고가 생긴 후 본 문은 연리를 지키려 했습니다. 하나 철장문에 있어야 할 연리는 이미 사라지고 없더군요. 한데 며칠 전 연리가 보낸 서찰이 은밀하게 전해졌습니다."

"그렇다면?"

노사태는 고개를 끄덕였다.

"맞아요. 묘공과 제자들은 연리와 함께 있습니다."

문백경과 봉일평은 서로를 바라보며 환하게 웃었다.

"우리는 연리를 찾고 있었습니다!"

"그럴 거라 예상했습니다. 검군이라면 검후의 제자인 연리를 찾아올 것이라 믿었지요. 그나저나 이처럼 검군께서 찾아오셨으니 검후가 공덕을 많이 쌓았군요."

문백경은 고개를 끄덕이며 진중한 어투로 대꾸했다.

"그녀라면 부처님께서도 어여삐 여기실 겁니다. 그러고 보면 그녀가 쌓은 공덕으로 인해 제가 여기까지 오지 않았나 싶군요."

봉일평은 속으로 고소를 머금었다.

'여비를 챙기러 오신 게 아니었나요?'

문백경은 봉일평을 째려본 후 노사태를 향해 정중하게 물었다.

"연리는 지금 어디에 있습니까?"

노사태는 소화문의 징표를 내주며 말했다.

"남궁세가로 가세요."

*   *   *

"저 산을 넘으면 안휘성이에요. 그리고 남궁세가 영역이지요."

소대령의 말에 제자들은 석생을 쳐다봤다.

무당산을 내려온 이후 제갈세가를 피해 움직이다 보니 자연스럽게 남하하면서 안휘성의 경계에 이른 것이다.

"어찌할까요?"

북두천강검진의 구성원은 상하 관계가 아니다.

하나 석생은 나이가 가장 많았고, 소대령과 북풍의 의견을 규합하는 역할을 맡고 있었기에 자연스레 제자들이 그를 따르고 있었다.

"운비랑 남궁세가의 소가주가 친분이 있었지?"

"예, 형님."

석생은 소대령의 호칭에 어색한 표정을 지었다.

무당파를 하산한 후 나이에 따라 호형호제하기로 결정했지만, 여전히 익숙해지려면 시간이 필요할 듯 보였다.

"허험, 남궁세가는 내환을 겪고 있으니 소가주를 믿는다 해도 안전하지 않을 거야. 그러니 일단은 남쪽으로 가자. 무당산 지류를 따라 이동하다 보면 분명 얻는 게 있을 거야."

"저녁은 무한에서 먹는 게 어떠세요?"

검진원 중 가장 쾌활한 곽유지의 말에 석생은 고개를 끄덕였다.

"그러자."

소대령과 곽유지의 표정이 밝아지며 걸음을 재촉했다.

한데 북풍은 그것이 마뜩치 않았나 보다.

"형님, 무한은 사람이 너무 많아요. 혹시 누가 우리를 알아보기라도 하면……."

석생은 북풍의 어깨를 두드리며 웃었다.

"강호초출을 알아보면 그것이 더 이상하지. 게다가 우리가 하산하는 걸 모두가 지켜봤어. 함께 어울려 다니는 걸로 문제 삼지는 못할 거야."

"네."

"열흘 동안 산을 탔잖아. 오늘 하루는 좀 쉬자."

북풍은 머리를 긁적이며 쓴웃음을 지었다.

"녀석에게 미안하다는 생각이 들어서요."

"내 예상에 이 일은 하루 이틀에 끝마칠 수 있는 것이 아니야. 길게 보자. 몸이 상하면 녀석의 위치를 알아도 찾지 못하게 될 수가 있어. 길게 보자."

"알겠습니다."

편안한 휴식처에 대한 기대감 때문이었을까.

일곱 명은 경공까지 펼치며 내달렸다.

한데 앞장서던 소대령이 갑자기 걸음을 늦추기 시작했다.

"왜 그래?"

석생의 물음에 소대령은 숲 너머를 가리키며 말했다.

"비명이에요."

건곤구공에 대한 기틀이 워낙 훌륭해서일까.

소대령의 성취는 그야말로 일취월장이었다.

어린 시절부터 적운비가 시키는 일이라면 조금도 의심하지 않고 따랐던 것이 효용을 발휘하기 시작한 것이다.

북두천강검진에서도 선봉을 맡았고, 양의심법과 면장을 속성으로 배웠음에도 성취가 남달랐다.

석생은 일말의 의심도 없이 소대령이 가리킨 방향으로 몸을 틀었다.

"가자!"

숲을 두어 곳 지나자 구릉 아래로 작은 마을이 모습을 드러냈다.

제자들은 마을을 내려다보다가 눈을 휘둥그레 떴다.

마을의 중앙에서 벌어지는 기이한 풍경 때문이었다.

검을 찬 수십여 명의 무인들이 마을 사람들을 꿇어 앉혀 놓고 매타작을 하고 있었다.

"운검문의 문도처럼 보이는데요. 옷차림은 낡았지만, 표식으로 보아선 운검문의 이대 제자들입니다."

정청은 북두천강진의 세 번째에 위치한 천기성을 맡고 있었다. 무당삼청의 배려로 현현전의 아홉 서고를 독파한 지자였다. 그렇기에 하산하기 전 강호정세를 파악하기 위해 긴 시간을 보내기도 했다.

"그런데 저들은 조금 이상하네요. 직접 사람들을 때리고 있는 저들은 운검문이 아닙니다. 저 청색 곤의는 농부나 어부들이 입는 건데…… 아무래도 병장기를 보아 하니 호사방의 잔당들 같은데요?"

석생은 미간을 찡그렸다.

제갈세가가 천룡맹을 운영하고, 무당파가 봉문한 사이 호북성에서는 커다란 사건이 다시 한 번 일어났다.

바로 호북 오대문파로 거론되던 운검문이 형문파에게 강제 흡수된 것이다. 그 결과 운검문도 절반 이상이 거리로 내쫓기

게 되었다.

그렇게 터전을 잃은 운검문도들이 화적떼로 돌변한 것이다. 한데 호북성에는 이미 호사방에서 쫓겨난 방도들이 떼를 지어 몰려다니고 있지 않던가.

두 부류가 뭉쳤으니 호북성의 골칫덩이라 할 수 있었다.

"저런 빌어먹을 놈들!"

소대령이 콧김을 내뿜으며 화를 냈다.

한데 북풍이 만류했다.

"어쩌려고?"

"어쩌긴 어째!"

소대령은 당장에라도 뛰어 내려갈 기세였다.

북풍은 석생을 향해 눈짓했다.

적운비가 없는 이상 소대령을 말릴 사람은 석생이 유일했기 때문이다.

석생은 소대령을 진정시킨 후 말했다.

"우리의 역할은 운비를 찾는 것만이 아니야. 본파가 봉문을 했어도 호북성은 분명 우리의 고향이다. 그러니 악인이 호북에서 날뛰는 것을 지나칠 수는 없는 일이야."

소대령의 입가에 미소가 맺혔다.

"그럼?"

석생은 검배에 손을 올리며 말했다.

"우리의 무공을 만천하에 공개하는 날이다. 비록 무당의 문도임을 밝힐 수는 없지만, 진무대제께 부끄러운 제자가 되지는 말자."

"예, 형님."

석생은 빙긋 웃으며 검을 뽑았다.

"개진(開陣)!"

*　　　*　　　*

몽환검(夢幻劍) 추호는 운검문에서 서열 오 위에 해당하는 집법장로였다. 그리고 그는 형문파가 운검문을 집어삼킬 때 마지막까지 극렬하게 저항했던 문도이기도 했다.

하지만 운검문이 멸문했을 때 추호는 뒤도 돌아보지 않고 도망쳤다. 애초에 형문파에 저항한 이유는 형문파의 장문과 사적인 원한이 깊었기 때문이었다.

살기 위해 도망쳤지만, 그에게도 희망은 존재했다.

운검문을 떠나도 충분히 자립할 수 있을 것이라 믿은 게다. 하지만 채 반 년도 지나지 않아 그는 좌절해야 했다.

제갈세가의 그늘로 들어간 형문파의 힘은 그의 예상보다 엄청났다. 그를 받아주는 곳도 없었고, 그가 자리 잡을 만한 지역도 존재하지 않았다.

'빌어먹을, 술이나 한 잔 걸치고 싶군.'

그는 양민들을 괴롭히는 수하들을 보며 한숨을 내쉬었다. 운검문의 문도였던 수하들은 아직도 수치심이 남아 있는지 한발 물러섰다. 양민을 괴롭히는 자들은 떠돌이 여정 중에 거둬들인 호사방의 잔당들이었다.

무공도 변변치 않고, 인성도 사나운 자들이다.

그렇기에 추호는 손을 더럽히지 않고 원하는 것을 가질 수 있게 되었다.

"창주야."

창주는 추호의 제자로 수족이나 다름없는 자였다.

그는 호사방의 방도들을 향해 턱짓을 했다.

그러자 호사방도들은 더욱 거세게 날뛰었다.

"이 새끼가! 남의 땅에 씨를 뿌렸으면 돈을 내야 할 것이 아니더냐!"

꾀죄죄한 몰골의 중년인은 발길질에 얻어맞으면서도 하소연을 했다.

"그게 무슨 소리요? 이름 없는 산기슭에 무슨 주인이 있단 말이오?"

"정신 넋 빠진 작자일세! 여기는 우리 땅이라고. 그것도 모르고 터를 잡은 거냐?"

중년인은 호사방도의 발에 매달린 채 앓는 소리를 냈다.

"그럴 리가 없소. 우리는 벌써 십 년이나 이곳에 있었단 말이오."

호사방도의 표정이 더욱 흉흉해졌다.

"뭐라고? 그렇다면 내가 거짓말을 하고 있다는 것이냐? 이런 도적놈의 새끼! 그럼 아예 십 년 치를 토해내야겠구나!"

중년인은 심한 구타 끝에 정신을 잃을 지경이었다. 하나 이미 흉성이 폭발한 호사방도는 몽둥이로 때리고, 발로 짓밟으며 연방 양민들을 겁박했다.

결국 참다못한 부인과 딸이 달려들어 아비를 자신들의 몸으로 감쌌다.

"아이고! 그만하시오. 당신은 부모도 없단 말이오."

"토지 문서도 없으면서 이게 무슨 행패예요!"

살기 가득하던 호사방도의 얼굴에 색다른 감정이 드리워졌다. 중년인을 감싸고 있는 딸의 미색에 욕정이 불끈 치솟은 것이다.

"클클, 토지 문서는 우리 집에 있단다. 네가 나와 함께 가서 확인해 보려무나."

그러고는 대답도 듣지 않고 여인의 팔을 잡아끌었다.

"왜, 왜 이러시오! 알았소. 다 줄 테니 그만하시오."

중년인은 비틀거리는 와중에도 딸의 손을 잡고 애걸복걸을 했다. 호사방도의 패악에 마을 사람들의 얼굴에 분노가 섞였다. 하지만 호사방도들의 흉흉한 병장기 앞에서는 차마 발길을 떼지 못했다.

"크크큭! 다 내놓거라!"

호사방도가 여인을 품에 안으려던 순간이었다.

"멈춰라!"

구릉에서 미끄러지듯 내달리는 무당 제자들 틈에서 터져 나온 한 마디였다.

"저 새끼들은 뭐야?"

호사방도는 코웃음을 치며 말했다.

그도 그럴 것이 낡은 마의를 걸친 청년 몇 명이 달려든다고 해서 두려울 리가 없다.

한데 그늘에 앉아 있던 몽환검 추호는 고개를 갸웃거렸다.

'뭐지?'

일견하기에는 그저 불의를 참지 못하고 달려드는 애송이들일 뿐이다. 한데 왠지 모르게 뒤통수가 근질근질한 것이 묘한 느낌에 휩싸였다.

그러나 호사방도들은 살의를 불태웠다.

"거지같은 놈들이 검은 좋구만."

"야! 가서 꿇어 앉혀."

호사방의 잔당 십여 명이 동시에 달려들었다.

촤라라랑!

무당 제자들이 일제히 검을 뽑았다.

그중 후미에 선 북풍은 눈을 가늘게 뜨고 잔당들을 살폈다. 제아무리 동시에 달려든다고 해도 사람에 따라 작은 차이가 있는 법이다.

북풍이 서 있는 자리가 검진의 끝인 요광이고, 요광은 전장을 한눈에 담아야 하는 역할을 맡는다.

"일, 칠, 구, 삼, 이, 오, 팔, 사, 육."

검진을 구성하는 일곱은 수년간 한 몸처럼 살아왔다. 그렇기에 검진을 발현하는 수많은 방법들이 각인된 상태였다. 호사방의 잔당과 싸울 때 진무십팔검진을 상대했던 '팔괘의 묘'는 꺼낼 가치도 없다.

북풍이 읊조린 한 마디에 검진의 구성원들은 잔당들과 마주하게 될 순서를 정했다.

그리고 소대령은 찰나의 망설임도 없이 가장 오른쪽에서 쇄도하던 잔당을 향해 검을 겨눴다. 국자의 머리 부분인 괴가 움직이자, 석생은 자루 부분의 표를 이끌고 따라붙었다.

소대령의 검이 잔당의 머리 위로 내리꽂혔다.

쩡!

파열음과 함께 비명이 터져 나왔다.

잔당의 손바닥은 걸레짝처럼 찢어졌고, 무릎을 심하게 꿇은 탓에 핏물이 흘러나왔다.

그야말로 파죽지세(破竹之勢)였다.

지난날 적운비가 호사방과 일전을 벌일 때 예하 제자들은 하산도 못 한 채 수련을 해야 했다.

소대령은 그날의 억울함이 폭발했는지 점점 격렬하게 잔당들을 몰아쳤다.

"호사방 주제에!"

이미 북풍이 잔당들의 우선순위를 정한 탓에 소대령은 홀로 아홉 명을 상대하는 듯 보였으나, 곧 한 사람씩 차례차례 무릎을 꿇렸다.

소대령을 따라 움직이는 괴의 세 명은 그럼에도 불구하고 혹시 모를 불상사에 대비하며 옆과 뒤를 지켰다.

"꿇어!"

쾅!

소대령은 몽둥이를 휘두르는 잔당을 향해 주먹을 내질렀다. 몽둥이를 산산조각 낸 주먹은 잔당의 안면에 꽂혀 들었다.

석생은 황급히 이동하여 소대령의 어깨를 두드렸다.

"진정해."

소대령은 놀랍게도 석생의 한 마디에 호흡을 골랐다.

"죄송합니다. 형님."

"아니다. 이제 저들을 상대해야 해."

석생이 턱짓으로 운검문의 문도들을 가리켰다.

그들은 잔당 중 절반 정도가 쓰러졌음에도 태연한 표정으로 검을 뽑았다.

추호의 제자인 창주가 사나운 눈매로 일갈을 내뱉었다.

"어디에서 온 놈들인지 모르겠으나, 감히 우리가 누구인 줄 알고!"

"문파와 생사를 함께하지 않고 도주한 자들이지."

정청의 말에 막내인 곽유지가 코웃음을 치며 한 마디를 덧붙였다.

"그럼 혼내 줘야겠군요!"

창주는 미간을 찡그렸다.

일면식도 없는 사이가 아닌가.

한데 적은 이미 자신들을 알고 있는 눈치였다.

"수상한 놈들이다. 한 놈도 놓치지 마."

운검문도들은 고개를 끄덕이며 널찍하게 포위망을 만들었다. 그런데 포위망을 완성하는 순간 소대령을 필두로 검진이 빠르게 이동했다.

그럼에도 불구하고 검진의 진형은 흐트러지지 않았다.

진무십팔검진을 상대할 때만 해도 검진의 후미인 요광을 중심으로 회전하는 것이 전부였다.

하나 그동안의 수련이 헛되지 않았는가 보다.

천강공과 천강보를 동시에 수련했기에 검진은 이동하면서도 북두칠성의 형태를 고스란히 유지했다.

운검문도들이 보기에도 범상치 않은 검진이다.

그들은 투기를 끌어올리며 격돌에 대비했다.

한데 북두천강검진은 운검문도들의 끝을 스치듯이 지나쳤다.

"헙!"

운검문도는 검을 비스듬히 쳐올리며 몽중팔검을 펼치려 했다. 운검문의 이대 제자답게 제대로 익힌 몽중팔검이다. 그러나 제대로 익힌 쪽은 운검문만이 아니었다.

소대령, 장임, 정청, 석생으로 구성된 괴는 입 구(口)자를 비튼 형태로 쇄도했다.

터텅!

소대령의 일격이 운검문도의 검을 맞받아쳤다.

장임과 정청은 또 다른 운검문도의 기습에 대비하며 소대령을 따라 물 흐르듯 나아갔다. 그리고 최초의 운검문도를 지나칠 때 상단과 하단을 노리는 일격을 꽂아 넣었다. 괴의 후방이며 표의 연결 고리인 석생은 혹시 모를 운검문도의 반격에 대비하며 일차 공세를 마무리한다.

"컥!"

하나 소대령으로부터 시작된 삼연격의 반탄력은 절정에 오른 운검문도라고 해도 버텨내지 못했다.

외마디 비명과 함께 검을 놓친 것은 물론이고, 어깨와 허벅지에 입은 상처를 부여잡고 주저앉았다.

"저 새끼들이! 죽여!"

운검문도들이 달려들었지만, 검진은 이미 목표지점에 도착한 후였다.

목표는 바로 호사방도에게 핍박을 받던 일가족이었다.

"꺼져라!"

북풍은 넋이 빠진 채 서 있던 호사방도를 걷어찼다.

"괜찮으십니까?"

석생의 말에 중년인은 부인과 딸을 끌어안고 고개를 끄덕였다.

"고, 고맙습니다. 대협. 고맙습니다."

"잠시 물러나 주세요."

겁먹고 있던 마을 사람들이 황급히 다가와 일가족과 함께 물러섰다.

"정체가 뭐냐?"

창주의 말에 아무도 대꾸하지 않았다.

정체를 밝힐 생각도 없고, 공을 자랑할 마음도 없다.

그저 협의지심을 행할 뿐이다.

그러니 마을 주민들이 완전하게 물러서는 순간 검진은 자연스럽게 움직였다.

북풍의 읊조림을 따라 움직이거나, 머문다.

그러한 검진의 모습은 바람처럼 빠르고, 불길처럼 격렬했으며, 태산처럼 굳건했다.

소대령의 검격에는 거침이 없다.

지금껏 소망했던 모든 것이 이뤄지는 순간이 아닌가.

오직 적운비만 없을 뿐이다.

그렇기에 소대령은 어딘가에서 무당을 위해 전력을 다하고 있을 그에게 자신의 의지가 닿기를 바라며 검을 휘둘렀다.

"비켜라!"

터터터터터텅!

북풍은 격전이 벌어지는 와중에도 눈 한 번 깜빡이지 않았다. 어린 시절부터 수백 개의 나무토막을 쳐내며 수련을 해오지 않았던가. 그는 조타수처럼 능숙하게 검진의 방향을 정했다.

"보통 놈들이 아니다!"

운검문도 중 몇 명이 검기를 뿜어냈다.

한 몸처럼 공격을 해오는 검진을 힘으로 눌러버리려는 요량이었다.

석생은 검을 전면에 세우고 외쳤다.

"성휘(星輝)!"

그 순간 밤하늘의 별이 빛을 발하는 것처럼 일곱 줄기의 검기(劍氣)가 검진에서 솟아났다.

검기의 강렬함을 논하자면 운검문도가 윗줄이었다.

하지만 무공의 경지는 겉모습으로 논할 수 있는 것이 아니지 않은가. 천강공의 정순한 내공으로 만들어진 검기의 응집력은 상식을 파괴할 정도였다. 게다가 양의심법의 묘리까지 담겨 있으니 성휘를 검기라 부를 수 있을지도 의문이었다.

터텅!'

동시다발적으로 쇄도하는 검기의 물결.

그것의 흐름은 적운비가 펼쳤던 무위상천태극면장과 흡사했다. 천강검법으로는 절정이 한계라던 상리가 깨지는 순간이었다.

하나를 막으면 둘이 오고, 둘을 막으면 또다시 하나가 온다. 검진의 기본 묘리인 차륜전은 물샐틈없이 자연스럽게 이어지고 있었다.

쩡!

검진이 처음으로 주춤거렸다.

몽환검 추호의 제자인 창주가 막아선 것이다.

하나 운검문에서 손꼽히던 검수였으나, 검진을 상대로는 십여 합을 넘지 못했다.

결국 창주의 검이 밀려났고, 곧바로 쇄도한 곽유지의 검이

옆구리를 스치고 지나갔다.

"크흑!"

그 순간 추호의 노호성이 창주의 비명을 덮어버렸다.

그만큼 강렬한 기파가 검진을 향해 꽂혀 든다.

곽유지와 장임, 석생이 한순간 소대령의 등 뒤로 붙었다. 그러고는 자신들의 검을 방패처럼 소대령의 전면에 세워버렸다.

터텅!

소대령은 추호의 기파를 받아내며 신음을 내뱉었다.

추호는 운검문의 장로 중에서도 수위에 꼽히는 검호가 아니던가. 그러니 소대령이 버텨냈다는 것만으로도 추호는 미간을 찡그려야 했다.

"혼자 나설 힘도 없는 것들이 어디서 잔재를 익혀 왔구나. 내 친히 네놈들에게 강자존이 무엇인지 알려주마!"

소대령은 고개를 슬쩍 돌려 석생을 바라봤다.

한데 석생도 같은 생각을 했는지 곧바로 고개를 끄덕이며 한 마디를 내뱉었다.

"칠성(七星)."

잠시 후 일곱 개의 별이 맑은 하늘 아래 강림했다.

검진의 후미에 선 북풍은 검을 쥔 손을 등 뒤로 돌리고, 비어 있던 왼손을 활짝 편 채로 내밀었다. 검기에 맺혀 있던 성휘는 어느새 왼손에서 번쩍이고 있었다.

북풍이 왼손으로 곽유지의 등을 짚는 순간 기운이 은은하게 퍼졌다.

지잉!

곽유지 또한 북풍과 같은 자세로 백광(白光)을 끌어냈다. 요광성 북풍에게서 시작된 빛무리는 물감이 번지듯 소대령에게 이어졌다.

천추, 천선, 천기, 천권, 옥형, 개양, 요광.

일곱 빛 무리가 국자 모양으로 번뜩인다.

북두칠성(北斗七星)이 대지에 강림한 것이다.

추호는 불길한 예감에 다시 한 번 일갈을 내지르며 몸을 날렸다.

허공으로 솟구친 그의 검에서 십여 개의 검기가 비산했다. 몽환검이라는 별호답게 쾌검과 환검을 이용하여 삽시간에 검진의 지척에 이른 것이다.

추호는 자신의 검격 안에 들어온 소대령을 보며 비릿한 웃음을 지었다. 이미 검사의 경지에 이른 그가 아닌가. 그리고 그는 다음 단계의 초입에 다다른 상태였다.

추호의 검사가 뭉쳐 그물처럼 넓게 퍼진다.

검강의 전 단계인 검막(劍膜)이었다.

'검막이라면 녀석들을 한칼에 도륙 낼 수 있을 터!'

하나 소대령이 검을 비스듬히 들었을 때 추호는 눈을 가늘게 뜨고 침음을 삼켰다.

그도 그럴 것이 소대령의 입꼬리가 조금씩 말려 올라가고 있지 않은가. 마치 자신이 만들어낸 검막이 우습다는 듯이 말이다. 아니, 애초에 저런 뜨내기들이 검막을 알기나 한단 말인가?

'흡!'

그 순간 검진의 후미에 있던 북풍의 손에서 성휘가 사라졌다. 그리고 곽유지의 성휘는 북풍의 성휘가 더해진 것처럼 더욱 강렬하게 번뜩인 후 사라지는 것이 아닌가.

"설마?"

추호는 눈을 부릅뜬 채 더욱 거세게 내력을 휘돌렸다. 자신의 예상은 틀렸을 것이라 생각하면서도 본능적으로 움직인 것이다.

하나 그의 검막이 적중하기 전 사달이 일어났다.

북풍을 시작으로 검진원의 손에서 순차적으로 성휘가 사라진 것이다.

그리고 그것이 소대령에게 이르렀을 때에는 지금까지와는 비교할 수 없을 만큼 강렬한 기운을 사방으로 뿜어냈다.

분명 검기였지만, 검기라고 부를 수 없는 기운!

적운비가 면장으로 검강을 상대했을 때와 다르지 않았다.

추호는 깨달았다.

이길 수 없다는 것을 말이다.

쩡!

한순간 추호의 검과 소대령의 검이 격돌했고, 공간 자체에 파문이 일어났다.

"크허헉!"

운검문도와 호사방도들은 눈을 부릅떴다.

추호는 낭인이 되었지만, 운검문에서도 손꼽히는 검호가 아니었던가.

한데 그런 그의 코와 입에서 피 분수가 솟구친 것이다.

너무도 비현실적인 광경에 찰나간 넋을 잃고 땅바닥을 나뒹구는 추호를 지켜봐야 했다.

"크흐흐."

추호는 수전풍이라도 생긴 사람처럼 양손을 바들바들 떨면서 상체를 일으켰다.

그의 눈빛에는 원독함과 함께 의구심 또한 가득했다.

"격체전력이라니!"

소대령의 검에서 성휘는 사라졌으나, 검진은 여전히 진형을 유지하고 있었다.

추호는 자신의 말을 귓등으로 흘리는 검진원들을 향해 발악을 하듯 외쳤다.

"소림 외에 격체전력이 가능한 무공이 있을 리 없다! 도대체 `어디서 나타난 놈들이냐?"

하나 검진원들은 추호를 무시한 채 운검문도와 호사방도를 향해 검을 겨눴다.

"무기를 버려라. 그렇다면 생명을 빼앗지는 않겠다."

석생의 말에 가장 먼저 반응한 것은 호사방도였다.

무엇보다 생전 처음 보는 성휘의 강렬함에 압도당한 것이다. 하나 그들은 무기를 버렸으나, 항복하지 않았다. 슬그머니 무기를 내려놓고는 뒤도 돌아보지 않고 도망치기 시작한 것이다.

소대령이 뒤쫓으려 했으나, 석생이 제지했다.

여전히 추호를 비롯한 운검문도들이 남아 있었기 때문이다. 가장 중요한 것은 마을 사람들을 지키는 것이 아니겠는가.

"패악을 멈추시는 것이 어떻겠습니까?"

석생은 정중한 어조로 물었다.

운검문은 호북 오대문파에 꼽히던 곳이다. 그런 문파의 장로이니 추호를 시정잡배처럼 대할 수 없었다.

추호는 석생의 눈빛에서 감정을 읽어냈다.

'이 내가 저런 애송이들에게 동정을 받다니……'

그의 시선은 여전히 경련을 일으키고 있는 양손을 향해 있었다. 이리저리 갈라진 손바닥이 보였고, 수염을 타고 흐르는 핏물이 손바닥 위에서 방울방울 번져간다.

자신의 피를 본 것이 얼마 만이던가?

갑작스레 세월의 무상함이 느껴졌다.

그러니 절로 어깨가 축 늘어진다.

잠시 후 그의 입에서 힘없는 한 마디가 흘러나왔다.

"놓아준다면 떠나겠다."

"사부님!"

추호는 다가오는 창주를 향해 손을 내저었다.

"파락호처럼 연명하느니 차라리 강호를 등지고 살겠다. 너는 네 뜻대로 하거라."

창주는 비틀거리며 멀어지는 추호를 멍하니 응시했다. 그러나 이내 고개를 숙인 채 사부를 뒤따랐다.

그 후는 그야말로 일사천리로 일이 진행됐다.

머리를 잃은 운검문도들은 검을 두고 뿔뿔이 흩어졌다.

그리고 그 후에야 마을 사람들은 안도의 한숨과 함께 환호성을 내질렀다.

"대협! 감사합니다."

하나 무당의 제자들은 절을 하는 민초들에게 손을 모은 후 몸을 돌렸다. 그러고는 자신을 자랑하지 않고 다시 구릉 위로 사라지는 것이 아닌가.

호사방도에게 당했던 중년인이 혀를 내두르며 탄성을 흘렸다.

"북두칠성이 우리를 보우하셨나 보오."

허황되게 들린 중년인의 한 마디는 시간이 흐를수록 무한 주변에서 심상치 않게 들려왔다.

불의를 용납하지 않는 청년 집단.

그 누구도 깰 수 없는 무적의 검진.

세인은 신비로운 청년들을 북두칠협(北斗七俠)이라 불렀고, 그들의 검진이 북두칠성을 닮았다 하여 칠성검진(七星劍陣)이라며 칭송을 마다하지 않았다.

* * *

천뇌각은 언제나 분주했다.

중원 각지에서 전해지는 정보를 규합하고, 분류하기 위해 수십 명의 문사들이 밤낮을 가리지 않았다.

한데 근자에 들어 천뇌각의 업무가 편중되기 시작했다.

남경의 황궁과 북방의 패천성을 정보 수집의 최고 단계에 올려놓은 것이다.

"하아, 황궁의 정보는 아무리 모아도 끝이 없군."

"이러다 평생 모아야 할지도 모르지요."

천뇌각의 부각주인 연자광은 문사들의 농에 혀를 차며 말했다.

"쯧쯧, 괜히 마굴이라 부르겠는가? 그나저나 인물 쪽 정보는 대충 정리됐지?"

문사는 십여 권의 두툼한 서책을 내밀었다.

"정오품 이상과 유력 인사 중심으로 정리했습니다. 그런데 아직은 삼 할에도 못 미칠 것 같습니다."

연자광의 미간이 일그러졌다.

태상은 무림도둑부가 창설되기 전에 황궁의 모든 정보를 알고 싶어 했다. 한데 이 속도라면 태상의 심기를 거스를 것이 분명하지 않겠는가.

"그 정도인가?"

"황궁의 품계는 사실상 붕괴됐다고 보는 것이 옳을 듯합니다. 돈 많고, 아는 사람 많고, 아부를 잘하는 자들이 실세니까요."

연자광은 문사들을 다독였다.

"차라리 잘된 일이지. 황궁 상태가 저러하다면 매수만으로도 입지를 다질 수 있을 거네. 그러니 이것만 끝나면 휴가를 주겠네."

문사들은 부디 연자광의 약속이 이행되기를 기원하며 다시 일을 시작했다.

연자광은 황궁과 패천성 외의 정보를 담당하는 문사들에게 다가갔다. 천뇌각은 중원 전체의 완벽한 정보 통제를 목적으로 만들어졌기 때문이다.

"내가 알아야 할 만한 정보가 있는가?"

문사가 고개를 끄덕이며 몇 장의 서류를 내밀었다.

연자광이 눈으로 서류를 훑는 와중에도 문사의 보고는 계속됐다.

"절강성에 매화검군이 나타났습니다."

"신뢰도는?"

"팔 할 이상입니다. 하오문에서도 이미 세 번째 올라온 정보입니다."

연자광은 침음을 흘렸다.

검후의 제자인 연리가 사라진 이후 천룡맹의 행보는 허공에 붕 뜬 것처럼 되었다. 연리가 없는 이상 보타암의 재건을 핑계로 남궁세가를 압박할 명분을 잃었기 때문이다.

"검후의 제자도 문제인데, 매화검군까지 등장하다니! 귀찮게 되었군."

어차피 매화검군의 등장은 예견된 바였다.

보타암과 인연이 깊고, 검후와는 오래전에 정분까지 났다는 소문으로 유명하지 않았던가.

"다른 특이사항은?"

문사가 잠시 머뭇거리자, 연자광이 미간을 찡그렸다.

"판단은 내가 한다. 자네는 들은 바를 얘기하면 되는 거야. 거르지 말고 그냥 말하게."

"그것이 사실이라기보다는 떠도는 소문에 관한 겁니다. 한데 빈도가 점점 증가하고 있어서 신경을 쓰고 있었습니다."

"뭔가?"

"호북 남부를 중심으로 새로운 후기지수들이 나타났습니다."

"후기지수?"

"예, 몇 명을 상대하더라도 일곱 명이 검진으로 대응하는 자들입니다."

"후훗, 강호초출들이 의형제라도 맺은 건가?"

"형문파에서 전해온 정보에 의하면 운검문의 추호가 당했다고 합니다."

"추호? 추호라면 형문파에서도 눈에 불을 켜고 잡으려던 자가 아닌가."

"그렇습니다. 세인은 그들을 북두칠협이라 부르는데 별호의 성장세가 남다릅니다. 조만간 천룡맹에도 알려질 정도로 예상합니다."

"어디 소속인가?"

"알려지지는 않았으나, 협행을 하는 것으로 보아 정파가 분명합니다."

그 순간 천뇌각의 문이 열리고 제갈수련이 들어섰다.

요즘 들어 부쩍 천뇌각을 비우는 횟수가 잦은 그녀였다. 그러나 연자광은 태상에게 보고하는 대신 그녀의 빈자리가 느껴지지 않도록 열과 성을 다했다.

"소속이 가장 중요해요. 호북 지부에 신분 조회 요청하고, 문제가 없다면 포섭하세요."

"그리하지요."

제갈수련은 자신의 자리에 앉아 느긋한 표정을 지었다.

검후의 제자를 찾지 못한 이상 천룡맹이 받는 압박은 상상 이상으로 컸다. 하지만 태상은 세인의 시선보다 황궁의 눈치를 봐야 했다.

그렇기에 태상은 제갈수련의 은밀한 계획을 눈치채지 못한 상태였다.

'상천이라고 해서 무조건 포섭해서는 안 돼. 우선순위를 정해야 해.'

이미 상천 중에서도 손꼽히는 기공탄노를 포섭하지 않았던가. 그럼에도 제갈수련은 만족할 수 없었다. 드러나지 않은 상천이 어느 정도인지 가늠할 수조차 없었기 때문이다.

'일단은 대검백이 필요해. 태상조차 함부로 대하지 못했던 사람이야. 그가 내 편이 된다면 큰 힘이 될 거야.'

그 순간 천뇌각의 한쪽 벽면에 연결된 수많은 관이 요동을 치기 시작했다. 그러고는 각각의 관에서 쉴 새 없이 서류를 쏟아냈다.

"뭐, 뭐야? 정마대전이라도 터진 거야?"

느긋하던 문사들이 혼비백산하며 서류를 챙겼다.

그중 가장 빠르게 반응한 문사가 더듬거리며 입을 열었다.

"검후의 제자가 발견됐답니다."

연자광은 미간을 찡그리며 외쳤다.

"어딘데? 바로 외단 무인들 대기시켜! 어디야?"

문사는 침을 꿀꺽 삼키며 말했다.

"남궁세가입니다."

"남궁세가? 검후의 제자가 왜 거기에 있는데?"

제갈수련의 입가에 옅은 미소가 스치듯 지나갔다.

'역시 내 동생이네. 작은 단서로도 해야 할 일을 확실하게 처리하는구나.'

그녀가 애써 굳은 표정을 지으며 문사들을 격려하려던 순간이었다.

관이 다시 한 번 요동을 치더니 서류를 쏟아냈다.

"또 뭐야?"

이번만은 제갈수련도 긴장하지 않을 수가 없었다.

통상 순차적으로 들어오는 보고서는 같은 지부에서 보냈

을 확률이 높았다.

'절강에서 일어날 수 있는 모든 일을 가정했는데……'

이번에도 문사들이 분주하게 서류를 챙겼다.

한데 문사의 표정이 심상치 않다.

첫 번째 보고에는 놀랐던 그였지만, 지금은 아예 사색이 되어 있었다.

그는 몸을 부들부들 떨면서 힘겹게 말했다.

"보, 보타혈사를 저지른 곳이……."

제갈수련의 고운 얼굴이 심하게 일그러졌다.

그녀는 자리를 박차고 나섰다. 그러고는 문사가 쥔 서류를 빼앗아 황급히 눈으로 훑어 내려갔다.

"각주. 무슨 일입니까?"

제갈수련은 허공을 응시한 채 한숨을 내쉬었다.

"사도련이라니……."

그 순간 연자광을 비롯한 모든 문사들의 뇌리에 한 단어가 떠올랐다.

정사대전(正邪大戰)!

第八章

출관(出關)

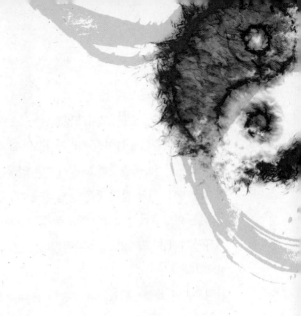

어둠 속에서 의지할 것이라고는 야명주 조각이 내뿜는 희미한 빛이 전부였다. 잠시 후 빛에 홀리듯 어둠 속에서 움직이는 그림자가 있었다.

"하아……."

어두워서 형체를 식별하기는 어려웠으나 숨소리가 들렸다. 한데 그 숨소리는 숙면이라도 취한 것처럼 가볍고, 경쾌했다.

잠시 후 야명주의 희미한 빛 사이로 모습을 드러낸 것은 적운비였다.

한데 그의 모습은 이전과 달랐다.

아니, 진짜 적운비가 맞는지에 대해 재고해 봐야 할 정도로 변했다는 것이 옳으리라.

옷은 어디로 갔는지 보이지 않았다.

허리춤까지 길게 늘어진 머리카락으로도 나신을 모두 가리지는 못했다. 울긋불긋하고 갈라졌던 얼굴은 아이의 그것처럼 매끈하다. 짙고 곧게 뻗은 눈썹 아래 자리한 눈에서 흘러나온 빛은 야명주를 집어삼킬 정도로 강렬했다.

홍조까지 띠고 있었으니 환골탈태를 했다고 해도 무방할 정도였다.

적운비의 입술이 달싹이며 담담한 한 마디가 흘러나왔다.

"오늘의 나는 얽매임이 없구나."

번뇌를 끊어내는 삼라만상의 이치가 곧 혜검이니…….

적운비는 지금 이 순간 현재의 굴레에서 벗어난 것이다.

태극혜검의 경지가 깊어지면 과거를 끊어낼 것이고, 대성한다면 미래 또한 천하란 이름으로 그를 옭아맬 수 없을 것이다.

적운비는 유유히 시간의 흐름을 즐겼다.

이제 시간은 적운비의 편이고, 혜검은 적운비의 또 다른 삶이 될 것이다.

＊　　　＊　　　＊

탁자에 마주앉은 사람들의 면면은 화려했다.

봉일평은 몸을 잔뜩 웅크린 채 눈동자만 움직여 사람들을 살폈다.

남궁세가의 임시 가주인 남궁신과 정혼녀인 제갈소소가 있었다. 그리고 장로원주인 남궁경과 외단주 남궁보가 그 우측에 앉았다.

남궁신과 제갈소소의 표정으로는 심기를 예측하기 어려웠다. 하지만 남궁보는 근심 가득한 표정이었고, 남궁경은 왠지 모르게 화가 난 듯 보였다.

봉일평의 시선이 자신의 옆으로 향했다.

우측에는 매화검군 문백경이 이마에 내 천(川)자를 만든 채 생각에 잠겨 있었다. 그리고 좌측에 앉은 자그마한 체구의 여인이 바로 검후의 제자인 연리였다.

제갈소소가 세가의 내단주를 맡고 있으니 면면만 살피면 가히 천하를 논할 정도의 명사들이 아닌가.

'내가 여기에 왜 끼인 건지……'

외단주인 남궁보는 시큰둥한 어조로 말했다.

"남궁세가의 요인들이 모이는 자리에 패천성의 무인이 어찌 참석을 했단 말이오?"

매화검군에게 동석을 부탁한 것은 다름 아닌 남궁신이다. 하나 그는 남궁보의 말을 귓등으로 흘리며 딴청을 피웠다.

오히려 나선 쪽은 중도를 지키던 장로원주 남궁경이었다.

"보타혈사의 주범이 사도련이라면 이것은 강호 전체가 힘을 모아야 할 사안이야. 패천성과 천룡맹을 구분 지을 필요가 없네."

남궁보는 남궁경이 아닌 임시 가주와 제갈소소를 흘겨봤다. 저 둘에게 당한 것이 어디 한두 번이던가. 이번에도 남궁경이 나설 것을 예상하고 모른 척하고 있는 것이 분명했다.

'흥! 하지만 오늘은 다를 것이다!'

남궁보는 탁자를 두들기며 거세게 외쳤다.

"그렇다면 당장 천룡맹에 대회의를 요청하고, 맹 차원에서 대응 방법을 논의해야 할 것입니다. 한데 어째서 몇 날 며칠째 천룡맹의 방문조차 거절한 채 우리끼리 꿀 먹은 벙어리처럼 시간을 보내야 하는 것입니까?"

남궁신과 제갈소소의 얼굴에 그림자가 드리워졌다.

남궁보는 남궁경조차 의아한 표정으로 두 사람을 응시하자, 비릿한 웃음을 지었다.

'크큭, 외통수렷다!'

한데 남궁신과 제갈소소가 쳐다본 사람은 봉일평이 아닌가. 남궁보는 그제야 봉일평을 보며 고개를 갸웃거렸다. 보타혈사에서 살아남았다는 것 외에는 관심을 가지지 않았기 때문이다.

'저놈은 왜?'

제갈소소가 조심스럽게 말했다.

"봉 소협, 힘들겠지만, 다시 한 번 말씀해주시겠어요?"

봉일평은 눈을 휘둥그레 떴다.

제갈소소와는 초면이 아닌가.

한데 검후의 제자인 연리가 재빨리 말을 보탰다.

"저한테 했던 이야기요. 제가 언니한테 모두 말했으니 편하
게 말씀드리세요."

봉일평은 연리의 눈빛을 보고 잠시 말을 잃었다.

목숨을 걸고 지켜온 정보를 어찌 저리도 허술하게 퍼트린단
말인가.

그러나 그동안 무슨 일이 있었는지 제갈소소와 연리 사이
에는 애틋함이 가득했다. 마치 친자매처럼 다정한 어투였다.

결국 봉일평은 쓸쓸한 표정으로 입을 열었다.

"그날 보타암을 습격했던 자들은 사파만 있는 것이 아니었
습니다."

남궁보와 남궁경은 경악을 금치 못했다.

"하면 정파가 있었다는 이야기인가?"

봉일평은 고개를 끄덕였다.

"천룡학관에는 명가의 제자들이 많습니다. 그들 중에는 분
명 제가 알고 있는 보법을 쓰는 자들도 있었습니다."

남궁보가 미간을 찡그리며 물었다.

"파문을 당했거나, 우연히 익힌 자들일 수도 있지 않은가?"

남궁신이 말을 받았다.

"외단주의 말처럼 그럴 수도 있지요. 하지만 연리 소저와 봉 소협은 보타혈사를 증명할 수 있는 마지막 인물입니다. 작은 의심의 씨앗이라도 존재한다면 주의해야 마땅하겠지요."

제갈소소는 아쉬움 가득한 어조로 말을 받았다.

"당장에라도 두 사람을 천룡맹으로 보내고 싶어요. 하지만 행여 맹에 간자라도 숨어 있거나, 혈사와 관련된 자가 있을 것을 생각하면 그럴 수가 없네요. 제게는 의자매인 연리의 안전이 가장 중요합니다."

남궁보의 얼굴이 새빨갛게 달아올랐다.

'저 불여우가 어디서 순진한 척을!'

하지만 속내를 드러낼 수는 없었다. 결국 어색하게 웃으며 고개를 끄덕여야 했다.

장로원주인 남궁경은 침음을 삼켰다.

"하면 어찌해야 되겠소이까?"

남궁신은 외단주를 대할 때와는 달리 정중하게 대꾸했다.

"지금은 천룡맹의 행보를 살핀 후 대응하는 것이 옳을 듯 보입니다."

"흐음, 그렇다면 내단주께서 수고를 해줘야겠구려."

내단에서 정보와 총무를 책임지는 제갈소소 역시 웃어른을
대하는 자세로 고개를 숙였다.

"그리하겠습니다."

상황을 지켜보던 매화검군이 무거운 숨을 토해내며 말을
이었다.

"문 모도 패천성에 돌아가 상황을 전해야겠소. 남궁가주의
말처럼 이번 일은 강호 전체가 단결해야 할 사안이니까요."

제갈소소는 환하게 웃었다.

매화검군이 가주라고 칭했으니 공신력이 더해진 것이다. 게
다가 그의 다음 말은 제갈소소가 바라마지 않던 말이었다.

"연리야."

연리는 죽은 사부를 대하듯 공손히 대꾸했다.

"예, 숙부님."

"당분간 패천성에 다녀와야겠구나. 남궁세가라면 적도가
함부로 침입할 수 없을 것이다. 그러니 이곳에서 몸을 피하고
있도록 하여라."

매화검군은 일부러 제갈소소를 흘낏 보며 말했다.

제갈소소는 고개를 끄덕였다.

"연리는 제 동생입니다. 검군께서 돌아오실 때까지 제가 책
임지고 보살피겠습니다."

연리는 제갈소소와 함께 있다는 것에 만족하는 눈치였다.

사실 매화검군과 제갈소소는 짧은 순간 하나의 동맹을 맺은 상태였다.

매화검군은 패천성의 사람이지만, 현존하는 보타암의 인맥 중 가장 유명했다. 그렇기에 그의 한 마디는 남궁신의 권위에 힘을 실어주는 것이었다. 매화검군은 그 대가로 연리의 안전을 요구한 게다.

제갈소소는 회의가 끝날 무렵 쓴웃음을 지었다.

'언니, 미안해요. 나도 내 입장이 있잖아요.'

그녀는 이내 연리를 가지고 할 수 있는 일들을 머릿속으로 정리했다.

＊　　　＊　　　＊

매화검군은 남궁세가를 떠나기에 앞서 연리를 찾아갔다. 그녀는 소화문의 문주인 묘언 사태와 논담을 나누고 있었다.

연리가 환하게 웃으며 그를 반겼다.

하지만 매화검군은 몸을 돌린 채 말했다.

"보타암과 연이 깊다고는 하나 외인은 외인입니다."

연리는 자신 앞에 놓인 서책을 쳐다봤다.

모두 검후의 진전과 관련이 있는 비급이었다.

"괜찮은데……"

묘언은 매화검군의 배려에 감사하며 서책을 치웠다.

현재 강호에서 검후의 무공을 가르치고, 논할 수 있는 사람은 소화문의 묘언이 유일했다. 다만 소화문은 강호 활동을 하지 않으니 연리의 후견인으로 매화검군을 지목한 것뿐이었다.

"사태, 어떻습니까?"

"본래 내성적인 성격이 문제였을 뿐 자질의 문제는 아니랍니다. 미륵연화검과 부동만안보의 성취가 더디기는 하나 용화수주공이 오 성에 이르렀으니 곧 천하에 검후가 출두할 것을 고할 수 있을 겁니다."

매화검군은 반가운 표정으로 고개를 끄덕였다.

"사태께 큰 짐을 지워드린 것 같아 죄송하군요."

"보타암과 소화문은 남이 아니랍니다."

묘언 사태의 말에 매화검군은 빙긋 웃으며 손을 모았다.

"부디 마음이 향기로 다가오기를 기원합니다."

소화문의 기원 방법이다.

묘언 사태는 화답했다.

"심검도래향(心劍到來香)이라…… 검의 극의가 검군과 함께 있기를 기원합니다."

소화문의 기원을 무인에게 맞춰 수정해준 것이다.

매화검군은 호탕하게 웃으며 후원을 나섰다.

묘언이라면 분명 연리를 검후로 키워낼 수 있으리라.

*　　　　*　　　　*

남궁세가의 입장이 정리된 반면 천룡맹은 여전히 혼란스러웠다. 특히 태상의 입장은 사면초가라고 할 만큼 답답한 상황이었다.

회의를 소집한 태상의 얼굴에서는 노기를 찾아보기 어려웠다. 그러나 그의 본심이 어떠한지 알기에 천급 빈객들은 물론이고, 상천조차 말을 아껴야 했다.

"남궁세가에게 제대로 물을 먹었군. 정신이 번쩍 들 정도야. 노년에는 떨어지는 낙엽도 조심하라더니…… 그게 내 이야기가 될 줄 누가 알았겠는가?"

태상의 농에 웃는 사람은 아무도 없었다.

결국 그는 가장 신뢰할 수 있는 존재를 불렀다.

"총선주."

제갈수련이 기다렸다는 듯이 다가와 부복했다.

"예, 태상."

"소소가 어디까지 생각했을 것 같으냐?"

태상은 이미 남궁세가의 행보 뒤에 제갈소소가 숨어 있음을 눈치채고 있었다. 이러니저러니 해도 그녀 역시 태상의 핏줄이 아니던가.

"연리를 쥐고 있는 이상 보타암 재건의 중심은 남궁세가가 될 수밖에 없습니다. 천뇌각에서 남궁세가의 사방을 막으려 했던 것처럼 그녀는 남궁세가가 숨 쉴 구멍을 만들 생각이겠지요."

태상의 입꼬리가 슬며시 올라갔다.

"그렇구나. 그렇다면 본맹의 대처는 어느 정도가 좋겠느냐?"

"일단 천룡맹의 무력대를 파견하여 남궁세가로 통하는 길목에 막사와 방책을 세워야 합니다. 그리고 남궁보가 본맹과 연을 맺고자 하니 그를 이용하여 남궁세가와 대화의 창구를 만듭니다."

"흐음."

"어차피 연리를 놓친 이상 천룡맹은 남궁세가와 함께 주체가 되어야 합니다. 독자적으로 추진하기에는 명분이 없어요."

태상은 느긋한 어조로 되물었다.

"남궁세가는 그렇다고 치자. 하면 사도련은 어떻게 해야겠느냐. 맹에서는 패천성과 연수하여 사도련을 치자는 주전파들이 득세하고 있다."

"사도련을 건드리면 혈마교와의 관계에도 영향이 생깁니다. 사태천은 정마의 구분 없이 위태로운 평화를 유지하고 있으니까요."

태상의 미소가 짙어졌다.

"그래서?"

"사도련에 정식으로 해명을 요청하고, 관련자들을 모조리 색출하는 데 동참하라고 요구합니다. 남궁세가에 혈사를 목격한 자가 있다니 그와 함께 진행하면 되겠네요."

"사도련이 응하지 않으면?"

"그쯤 되면 혈마교도 불똥이 튀지 않도록 발 벗고 나서야 할 겁니다. 패천성과 혈마교를 거느리고 사도련을 없앨 수 있는 절호의 기회지요."

"응한다면?"

제갈수련의 입가에 환한 미소가 맺혔다.

"남궁세가에 연리를 보호하면서 사도련까지 조사할 여력이 있을 리 만무합니다. 본 맹이 주도적으로 사도련을 조사해서 공과를 밝힌다면 이번 일의 주체가 바뀔 여지는 충분합니다. 그 후에는……."

제갈수련이 말꼬리를 흐렸으나, 태상은 만족스러운 웃음을 머금었다.

사도련과의 문제를 훌륭하게 해결하면 강호의 인심을 사는 것은 물론이고, 황궁의 신뢰까지 동시에 얻을 수 있지 않겠는가.

그렇다면 향후 북방의 군부와 패천성을 칠 때 큰 도움이 되리라.

백척간두의 상황에서도 살길을 찾는다.

군사라면 무릇 저 정도는 되어야 하지 않겠는가.

태상은 제갈수련을 극찬하며 자리를 떴다.

하나 속내는 그렇지 않았다.

'쯧쯧, 몇 년만 기다리면 제 세상인 것을…… 너도 어쩔 수 없구나.'

                    *   *   *

고작 네 명이 모이기에는 필요 이상으로 거대한 장소였다. 하나 네 사람의 존재감은 대전을 가득 채우기에 충분했다.

그중 수장이라고 할 수 있는 만안당주의 얼굴에는 노기가 가득했다.

"사부님께서는 지금 반야만륜겁을 복원하시기 위해 혼신의 힘을 다하고 계신다. 지금 이 순간만 넘기면 저주에서 벗어나 천신의 반열에 오르실 것이야. 한데! 어째서 이런 중차대한 시기에 강호의 시선이 사도련으로 향한단 말인가?"

천괴의 호위를 맡고 있던 쌍둥이 호위가 무뚝뚝한 표정으로 대꾸했다.

"사부님께서 회복하실 때까지 절대 안정을 취하셔야 합니다. 외인의 출입은 물론이고, 거동조차 불가능합니다. 수습할 생각부터 하시지요."

오확은 침중한 표정으로 대꾸했다.

"죄송합니다. 하지만 본련에서 시작된 정보는 아닙니다. 외부에서 흘러나간 것이 분명합니다."

만안당주는 침음을 흘렸다.

오확의 말은 변명이 아닌 사실이었다.

애초에 보타암을 비롯한 불가의 문파를 습격하기로 했을 때 사도련의 무인들은 일부러 배제하지 않았던가.

사도련 내에서도 이번 일을 알고 있는 사람은 다섯 명이 채 넘지 않을 터였다.

만안당주는 답답하다는 표정을 지었다.

"대사형과 이사형도 지금쯤이면 정보를 접했을 것이야. 두 사람 중 한 명만 움직여도 자네나 나는 죽은 목숨이나 다름없네."

오확의 얼굴에 한순간 두려움이 스쳐 갔다.

천괴가 가장 먼저 제자로 삼은 두 사람은 이미 절대경지에 이른 고수라고 할 수 있었다.

사도련주인 자신조차 백초지적이 되지 못할 것이다.

두 사람을 떠올리는 순간 등에 오한이 일었다.

"그 전에 정리할 수 있습니다."

만안당주는 고개를 끄덕이며 다급히 물었다.

"반드시 그래야만 해. 보타암은 누가 주관했지?"

"암은입니다."

천괴가 직접 키운 제자는 여섯이다.

첫째와 둘째를 제외한 나머지가 이곳에 모인 게다.

그 외에는 직계라고 부르기에 미흡했다.

그들은 암(暗)과 혈(血)이라는 돌림자를 받고, 각기 암객과 혈객이라 불렸다. 드러나지 않게 활동하는 자들은 모두 여기에 속했다.

"이 정도의 일이라면 혈객도 있었을 텐데?"

"혈기가 있었지만, 드러날 정도는 아니었습니다. 대용품에게 먹이만 주고 바로 퇴각했답니다."

만안당주는 아무렇지 않게 한 마디를 남겼다.

"그렇다면 암은을 죽여 고리를 끊게."

오확은 호위의 눈치를 보며 말했다.

"암은은 암객 중에서도 상위입니다. 게다가 은신과 기습이 특기인지라 암객을 다수 동원해야 처리가 가능할 겁니다."

빈대 잡다가 초가를 태운다지 않던가.

암은을 정리하려다 일이 더 커질 수도 있는 노릇이다.

만안당주는 쌍둥이 호위를 향해 조심스럽게 물었다.

"흑백쌍천이 처리해줘야 할 것 같은데?"

흑백쌍천 중 백천이 흔쾌히 고개를 끄덕였다.

"내가 처리하지."

만안당주와 오확은 감사를 표했다.

"연결 고리만 끊으면 큰 문제는 없을 겁니다. 사도련은 현재 후계 싸움으로 인해 엉망진창으로 보일 테니까요."

"이번 사안에 관하여 전면 부정하려고 합니다. 자체 조사를 실시하고, 진상 파악을 위한 정파의 조사단까지 받아들일 의향이 있다고 하면 무마가 가능할 겁니다."

말하는 쪽은 만안당주와 오확이다.

"사도련 내에서 반발하지 않을까?"

"어차피 사부님께서 완치하시면 사도련이 대수겠습니까? 강호 전체가 재편될 텐데요. 사도련의 존폐보다 사부님의 안정을 최우선으로 진행하겠습니다."

만안당주는 대처 방안에 대해 마무리를 지으려 했다.

"천룡맹주의 머릿속은 황궁과 손을 잡고 패천성을 밀어버리려는 욕심으로 가득하다. 그러니 저들의 뜻대로 움직여주면 자질구레한 것들은 알아서 정리될 것이야."

흑백쌍천은 대충 정리가 됐다고 여겼는지 자리에서 일어났다.

"더 이상 사부님의 곁을 비울 수 없군요. 잠시 진법의 생문이 열릴 겁니다."

만안당주가 고개를 끄덕였다.

한데 머뭇거리던 오확이 결연한 표정으로 입을 열었다.

"드릴 말씀이 있습니다."

"뭔가?"

"천룡맹에는 제 아들, 아니 오기린이 있습니다. 어차피 후계 구도에서 밀려난 녀석이라 천룡맹으로 파견을 보냈지요."

"그런데?"

"태상은 패천성으로 인해 시야가 어지러울 수 있지만, 그 손녀인 대공녀는 녹록한 여인이 아닙니다. 사도련과의 문제에 오기린을 개입시킬 수도 있습니다."

만안당주의 표정이 살짝 어두워졌다.

"사도련이 아니라 우리와 접점이 있던가?"

오확은 마음속으로 결심을 했는지 담담한 어조로 말했다.

"제왕세기록을 입수하는 과정에서 암풍이 오기린과 접촉했습니다."

이번 사안의 대응책은 점조직을 끊어내는 것으로 결정을 내리지 않았던가. 그러니 오확의 말대로라면 오기린 역시 죽음을 피해갈 수 없는 상황이었다.

하지만 만안당주는 쉽사리 입을 떼지 못했다.

어찌 보면 천괴에게 가장 많은 것을 바치고, 가장 많은 것을 포기한 사람이 오확이었다.

그러니 쉬이 입을 떼지 못한 것이다.

"만약 암풍을 끊는다면?"

오확은 단호하게 고개를 내저었다.

"암풍은 암객의 수장과도 같습니다. 서열 상으로 제 바로 밑이니 제거하려면 잃는 것이 많을 겁니다. 그리고 암풍을 제거한다고 해서 사도련과 암객의 연결 고리가 사라지는 것은 아닙니다."

만안당주는 지그시 눈을 감았다.

그러나 그 역시 결정을 내려야 하는 입장이었다.

"오기린을 끊어내게."

오확은 일말의 망설임도 없이 대꾸했다.

"그리하지요. 암풍에게 맡기겠습니다."

만안당주가 이내 떠오른 것이 있는지 되물었다.

"한데 오기린에게 군사가 붙어 있지 않았던가? 일전 만안 당을 잠적시킬 때 이용했던 애송이 말일세."

"단도제 말입니까?"

"그래, 그자 또한 처리해야 되지 않겠는가?"

오확은 자신의 아들을 제거할 때보다 신중하게 생각에 잠겼다.

"오기린은 어린 시절부터 암투와 정쟁 속에서 자라왔습니다. 그렇기에 단도제를 형제로 삼아 외로움을 견뎠지요. 결코 자신의 비밀을 드러내지 못했을 겁니다. 비밀을 공유하는 것은 함께 죽자는 말이니까요."

"책임질 수 있는가?"

"제 아들입니다. 제가 책임지지요. 그리고 천룡맹 내에서 일을 꾸며야 하니 오기린은 자결로 처리해야 합니다. 한데 그 수하까지 함께 죽어버리면 공연한 의심을 사게 될 것이 분명합니다."

만안당주의 말이 이어졌다.

"그렇군. 굳이 일을 만들 필요는 없지. 천룡맹에 암객을 한 명 더 투입해서 지켜보도록 하지. 여차하면 죽이게. 그리고 오기린은 누설 여부를 확인하고 최대한 빨리 처리하게."

오확은 잠시 암풍과의 악연을 떠올렸다.

그라면 시키지 않아서 발 벗고 나설 것이 분명했다.

그리고 그 누구보다 빠르게 처리할 것이다.

'네 길동무는 머지않아 만들어주마.'

오확은 자신의 아들에게 담담한 이별을 선고하며 문을 닫았다.

*　　　*　　　*

쾅!

동굴은 바람 한 점 없이 고요했다.

쾅!

가부좌를 틀고 있는 적운비의 호흡은 안정적이다.

쾅!

여전히 바람 한 점 없는 이곳에 규칙적으로 굉음이 울렸다.

쾅!

이제는 이 소리가 머릿속에서 울리는 것인지 동굴 밖 어딘가에서 전해지는 소리인지 알 길이 없다.

아니, 애초에 구분할 이유가 없어진 것일까?

몇 번의 굉음이 울린 후에야 이것이 타종 소리임을 알 수 있었다.

무당파에는 종이 없다.

무당산 기슭의 어딘가에서 흘러나오는 것일까?

그게 아니라면 호북성 어딘가에서 흘러나오는 것인가?

'알 바 아니지.'

적운비의 입꼬리가 슬그머니 올라갔다.

언제부터인가 자신은 어둠 속에서 검을 쥐고 있었다.

종소리에 맞춰 검을 휘두른다.

그것은 수련이기도 했고, 춤이기도 했으며 노래이기도 했다.

일검(一劍)에 오욕칠정(五慾七情)을 담았다.

한 번 휘두를 때마다 오욕칠정이라 일컫는 번뇌를 끊어냈다. 그리고 그것은 곧 무장선을 끊어내는 것과 다르지 않았다.

적운비가 그토록 바라던 무장선이 아니던가.

하지만 무장선을 끊어내는 행위에 있어서 조금의 망설임도 찾아볼 수가 없었다.

담았으니 비우라 했다.

이미 혜검의 검로를 깨닫지 않았던가.

그러니 이제는 검로를 지우려 한다.

어딘가에 얽매이는 것은 혜검이라는 무공일 뿐, 깨달음은 아니기 때문이다.

적운비는 이제 마음속에서 검로를 지웠고, 동시에 번뇌를 끊었다.

좌라라라라라라락—

가닥가닥 끊어진 무장선이 발 아래로 떨어진다.

그리고 그것은 마치 그물을 끊어낸 것처럼 시야를 탁 트이게 만들었다.

어둠 속으로 조금씩 빛이 스며들기 시작한 것이다.

알을 깨고 나가려는 새끼의 발버둥처럼 검이 만들어낸 궤적은 그대로 빛이 되었다.

쏴아아아아!

조금씩 빛이 어둠을 머금었다.

동시에 오감이 팽창하며 물방울 떨어지는 소리와 함께 서늘한 바람이 피부를 스치고 지나갔다.

이제 만천하에 빛이 가득하다.

적운비가 빙긋 웃으며 나직이 한숨을 내셨을 때 그가 쥐고 있던 검은 할 일을 끝낸 것처럼 흐릿해지더니 이내 모습을 감췄다.

이것이 바로 혜검(慧劍)이다.

존재의 유무를 확인할 수 없고, 위력의 강약을 따지는 것도 무의미하다. 다만 번뇌에서 벗어나 정신적인 탈각을 이루었으니 나아가는 데 있어서 거침이 없을 것이다.

적운비는 누구에게나 장담할 수 있었다.

—나는 혜검을 익혔다.

하지만 그 누구에게도 증명할 방법이 없다.

이제 적운비와 혜검 또한 이제는 둘이 아닌 하나이기 때문이다.

잠시 후 적운비의 붉은 입술이 살짝 벌어지며 한 마디를 흘렸다.

"나가야겠어."

第九章

그림을 그리다

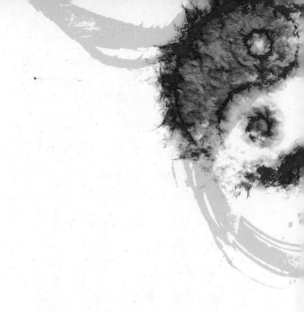

원래 출입구인 태극문은 열리지 않았다.

들어왔을 때와 마찬가지로 양손을 대고 양의심공을 일으켰지만, 미동조차 하지 않았다.

아마 천괴를 가둬둘 당시 내부에서 기관을 파괴한 것이 분명했다.

그렇다고 좌절할 필요는 없었다.

출구를 찾을 단서는 이미 파악한 후였다.

적운비는 검천위와 천괴가 싸웠던 공동으로 향했다.

그곳은 여전히 맹수가 할퀸 것처럼 긁힌 자국으로 가득하고, 포탄이라도 맞은 것처럼 사방이 움푹 패여 있었다.

적운비는 싸움의 흔적을 피해 검천위의 유해를 수습했던 곳에서 걸음을 멈췄다.

문득 처음 공동을 발견했던 때가 떠올랐다.

왠지 모르게 가슴이 답답하고, 정신이 멍해지지 않았던가. 처음에는 검천위의 유해를 마주했기 때문이라고 여겼다. 하지만 유해를 수습한 후에도 공동에 들어서면 항상 같은 기분을 느껴야 했다.

혜검을 얻을 때까지 말이다.

깨달음을 얻은 후에야 원인을 알 수 있었다.

천지간에 혜검으로 뻗어나갈 수 없는 곳은 존재하지 않았다. 한데 공동의 곳곳은 자연의 기운이 접근하지 못할 정도로 부조화를 이루고 있었다.

모두 천괴의 내공 때문에 벌어진 일이 아니겠는가.

적운비는 공동을 통해 천괴의 내공이 어떤 방식으로 운용되는지 짐작할 수 있었다.

무인이 절대경지에 이르게 되면 자연스럽게 천지와 호흡하게 된다. 자연의 기운을 빌려오고, 그 후에는 되돌려 주는 것으로 운기조식을 하는 셈이다.

한데 천괴의 내공에는 흡수만 존재했고, 발출은 없었던 게다.

그러니 멀쩡하던 공간이 백수십 년 간 부조화를 이루며 이질감을 흘려낸 것이 아니겠는가.

경악도 하고, 감탄도 했었다.

비록 정공은 아닐지라도 천괴는 그 누구도 도달하지 못한 기괴한 경지에 이르렀기 때문이다.

"저쪽이군."

적운비는 천괴가 만들어낸 이질적인 흐름을 따라 걸음을 옮겼다. 반야만륜겁으로 큰 부상을 입었는지 이질적인 흐름은 조금씩 희미해진다.

그러나 혜검은 조화의 극의가 아니던가.

아무리 희미한 기운이라도 놓치지 않았다.

잠시 후 적운비는 평범한 석벽 앞에 섰다.

구궁무저관의 가장자리로 큰 원의 어딘가였다.

적운비는 손으로 석벽을 훑다가 이내 옅은 미소를 지었다. 눈에 보이지 않지만, 미세한 균열이 손끝으로 느껴졌다.

이곳을 마지막으로 지나간 사람은 분명 천괴일 터.

그그그그그극—

잠시 후 백오십 년 동안 닫혀 있었던 석벽을 열었다.

그 순간 적운비를 반긴 것은 그 어느 때보다 세찬 강풍이었다.

적운비는 눈앞에 펼쳐진 광경에 헛웃음을 흘렸다.

'이걸 출구라고 할 수 있을까?'

그가 서 있는 곳은 깎아지를 듯한 천장단애의 중간 지점이었다. 그야말로 내려갈 곳은 물론이고, 발 디딜 곳조차 없는 매끈한 산 중턱이었던 게다.

적운비는 고개를 설레설레 흔든 후 가볍게 한 발을 내밀었다.

그러고는 허공으로 발을 디뎠다.

자연의 섭리가 그러하듯 적운비의 신형은 빠르게 떨어졌다. 하나 혜검으로 인해 한 단계 성장한 제운종을 펼치자, 이내 바람의 결을 밟으며 하강하기 시작했다.

대지에 닿는 그 순간까지 적운비의 입가에 맺힌 미소는 사라지지 않았다.

'어디부터 가 볼까나?'

*　　　*　　　*

적운비가 가장 먼저 향한 곳은 무당이다.

구궁무저관을 찾기 전 장문인과 충분한 대화를 나눴지만, 세상일이란 어찌 돌아갈지 아무도 모르는 일이 아니던가. 또한 죽음을 위장한 것에 대한 반응이 어떠한지도 알아봐야 했다.

무당산을 내려왔으니 다시 올라가야 한다.

하나 적운비는 무당산 초입에 늘어선 막사들을 보며 미간을 찡그렸다. 곳곳에 방책이 설치됐고, 막사에는 천룡맹의 깃발이 가득했다.

이것은 한 가지 사실을 의미했다.

'봉문을 하셨구나.'

대공녀라면 무당파가 봉문했다고 해서 쉽사리 물러서지 않았을 것이다. 분명 그 와중에도 천룡맹과 제갈세가의 이득을 생각하지 않았겠는가.

'여전히 알기 쉬운 여자야.'

잠시 생각에 잠겼던 적운비가 코웃음을 쳤다.

무당산의 입구를 막는다는 뜻은 무당파를 견제하기 위함이다. 또한 제갈세가의 남쪽 방벽으로 이곳을 택했다는 뜻이리라. 게다가 천룡맹의 가장 큰 걸림돌인 남궁세가까지 견제할 수 있지 않은가.

그런 면에 있어서 무당산은 최적의 요충지라고 할 수 있었다.

'산 아래 진채를 꾸렸으니 무당파는 그나마 멀쩡하겠군. 그리고 제갈세가와 남궁세가는 여전히 반목 중이야. 불행 중 다행이군. 후훗!'

적운비는 산책을 하듯 가볍게 막사 주변을 돌아다녔다.

하지만 그 누구도 적운비의 기척을 눈치채지 못했다.

대공녀도 없고, 자신을 죽인 낙일사도 보이지 않는다.

적운비는 더 이상 얻을 것이 없다는 생각에 막사를 뒤로한 채 무당산을 오르기 시작했다.

한데 용호적문에 도착한 순간 생각보다 참담한 광경을 마주하게 되었다.

두 장의 종이를 교차하여 대문에 붙여 놓았다.

봉(封).

적운비는 잠시 아랫입술을 깨문 채 미동조차 하지 않았다. 그러나 이내 무릎을 굽히고, 허리를 숙였다. 그리고 손을 모아 절을 한 채로 나직이 읊조렸다.

"무당의 고절함을 더럽힌 죄, 달게 받겠나이다."

한참의 시간이 흐른 후 몸을 일으킨 적운비의 얼굴은 결의로 가득 찼다.

"반드시 무당을 사태천 위에 놓고 천하제일이 되겠습니다. 반드시!"

적운비는 가볍게 무릎을 굽히는 것으로 용호적문을 넘어 무당파 경내로 사라졌다.

적운비는 달빛을 피해 어둠 속에서 무당파를 오갔다.

하나 시간이 지날수록 입가에 맺힌 쓸쓸함이 더해간다.

'생각보다 많이 빠져나갔네.'

야심한 시각이라지만, 오가는 이가 너무 적었다.

게다가 처소에서 느껴지는 기척도 드문드문하여 낯설기까지 할 정도였다.

자소궁으로 향하자 기척은 더욱 줄어들었다.

한데 그 순간 삼경이 넘은 시간임에도 불구하고 유달리 환한 불빛이 새어 나오는 건물이 보였다.

적운비는 그곳이 현현전임을 확인하고 더욱 발길을 재촉했다. 현현전 외부에는 진법이 펼쳐져 있고, 벽기자가 밤낮으로 지키고 있었다. 하나 적운비는 예전에도 그러했듯 이번에도 흔적 없이 진법을 통과했다.

'아! 다들 여기 계셨구나.'

적운비는 처마 아래에 몸을 숨긴 채 현현전의 심처를 살폈다. 무당삼청은 머리를 맞대고 논담을 이어가고 있었다. 주변에 쌓아 놓은 수백여 권의 경전과 빈 찻잔과 접시를 보니 하루의 대부분을 이곳에서 보내는 듯했다.

눈 밑이 까맣고, 단정했던 머리는 헝클어졌다.

하지만 무당삼청의 눈빛은 오래전 양곡전을 털던 청송관의 아이들처럼 빛나고 있었다.

잠시 그들을 지켜보던 사이 벽기자의 제자가 차를 들고 들어섰다. 무당삼청은 그제야 잠시 허리를 펴고 사담을 나누기 시작했다.

"북두칠협이라니…… 그 녀석들은 어느새 우리가 생각하던 것보다 훌륭하게 자라 버렸군."

"그러게 말입니다. 노력하고, 즐기니 하루가 다르게 성장하더군요. 이제는 우리가 제자들에게 부끄럽지 않도록 더욱 정진해야겠습니다."

"녀석들에게 가르친 양의심법은 투박해. 하지만!"

벽공 진인이 새로 엮은 서책을 들고 환하게 웃었다.

"이것은 한층 더 세밀하게 정리된 양의심법이야. 녀석들이 돌아오면 북두천강검진 또한 더욱 강해질 겁니다!"

벽천 진인은 입맛을 다시며 아쉬워했다.

"일단 녀석들이 돌아오려면 시간이 필요해. 그 전에 이걸 가르치고 싶은데……."

장문인은 잠시 고개를 갸웃거린 후 입을 열었다.

"이대 제자 중에서는 딱히 떠오르는 사람이 없군요."

벽천 진인과 벽공 진인도 고개를 끄덕였다.

이것은 호불호의 문제가 아니었다.

양의심법과 면장은 상승무공으로 하루아침에 배울 수 있는 종류의 것이 아니었다. 오랫동안 몸과 마음을 갈고 닦은 후에야 품을 수 있는 것이다.

그런 면에 있어서 이대 제자들은 아쉽게도 양의심법으로 큰 효용을 보기 어려웠다. 무당의 명성을 하루라도 빨리 드높이기 위해서 속성으로 가르쳤기 때문이다.

　무당삼청의 표정에 그늘이 드리워졌다.

　"모두 제 탓입니다."

　장문인은 아예 입에 붙은 것처럼 탄식했다.

　"모두의 잘못이지. 혼자 짊어지려 하지 말게. 우리가 이 시각에 여기 모여 있는 것도 함께 짊어지기 위해서가 아닌가?"

　"감사합니다. 사형."

　벽공 진인이 갑자기 목소리를 낮추더니 상체를 숙였다.

　"운비와 함께 어울렸던 아이들은 대부분 녀석을 따라 수련을 이어왔었습니다."

　"그렇지요."

　"그중 여 제자가 한 명 있는데 진예화라고 합니다. 무정의 제자이고, 천룡학관에서 운비와 함께 돌아왔지요."

　벽천 진인은 무릎을 치며 탄성을 흘렸다.

　"그렇다! 무정에게 청음산수를 가르쳤어. 사상심의류에서 면장으로 이어지니 그 아이라면 이 비급을 익히기에 적격이겠구나!"

　장문인이 호기심을 가지고 물었다.

　"진예화라는 제자의 성취가 어떠합니까?"

　"일전에 무정이 말하길 산운공에서 큰 벽을 만났으나 적운비로 인해 깨었다고 했네. 그리고 구궁신행검의 성취가 너무 빨라 우려가 될 정도라고 하더군."

무당삼청의 입가에 미소가 맺혔다.

장문인은 비급을 손에 들고 말했다.

"이 녀석을 처음 선보이기에는 제격이로군요."

벽천 진인이 불현 듯 쓴웃음을 지었다.

"이강이는 별말 없던가?"

백이강은 장문인의 직계였으나, 건곤구공과 다른 무공을 일절 익히지 않았다. 적운비와 대립했을 뿐 함께 수련하지 않았기 때문이다.

그리고 지금의 백이강은 늘 그러하듯 장문비전의 무공만 대성하기 위해 혼신의 힘을 다하는 중이었다.

"열두 시진 내내 수련만 하고 있습니다. 아시지 않습니까? 폐관수련은 제가 아니라 이강이 청해서 이뤄진 일입니다."

장문인은 빙긋 웃으며 말을 보탰다.

"다른 제자들에게 있어서 운비가 희망이라면, 이강에게는 여전히 좋은 호적수랍니다. 적운비를 인정하고, 높이 평가하기에 폐관수련을 청할 정도로 말이지요."

벽공 진인은 탄성을 흘렸다.

"그 녀석도 범상치 않은 녀석이야."

장문인이 기분 좋은 웃음을 보이며 말했다.

"운비가 없었더라면 녀석이 무당을 바로 세웠을 겁니다. 물론 운비만큼은 아니겠지만요. 하하하!"

"장문 사제는 자신의 제자를 너무 과소평가하는 것 아닌가?"

"하하하! 이강이 제게 직접 했던 말입니다. 이강은 좋은 장문이 될 겁니다. 그건 제가 보증하지요!"

무당삼청의 입가에 오랜만에 미소가 그려졌다.

적운비는 소리 없이 현현전을 벗어났다.

본래 장문인을 만나 자신의 무사함을 전하고, 무당의 위기를 극복하고자 했다. 하나 무당삼청을 지켜본 결과 자신의 등장은 득이 아닌 손해가 될 수도 있음을 깨달았다.

건곤구공, 양의심공, 면장, 그리고 혜검.

모두 적운비가 찾아낸 것이다.

이대로라면 무당파는 적운비로 인해 존폐가 결정될 만큼 자존력이 부족했다.

그렇기에 지금 적운비의 입가에는 그 어느 때보다 환한 미소가 맺혀 있었다.

'역시 대단한 분들이셔!'

무당의 제자들은 계기가 없었을 뿐 모두 비상할 준비가

되어 있었다. 그마저도 적운비가 계기를 만들어 주었으니 이제 비상할 차례였다.

적운비는 한결 편한 마음으로 현현전을 벗어났다.

어차피 자신의 등장은 의지가 될 뿐 큰 도움은 되지 않을 터였다. 구궁무저관에서 얻은 혜검은 양의심법이나 면장처럼 글이나 말로 전할 수 있는 무공이 아니기 때문이다.

천의를 엿보는 신위가 어찌 쉬이 전해지겠는가.

적운비는 무당파를 살핀 후 결론을 내렸다.

모두가 스스로 해야 할 일을 찾아냈으니 자신도 해야 할 일을 하면 되는 것이다.

'그 전에……'

잠시 후 적운비가 모습을 드러낸 곳은 삼대 제자들의 숙소였다. 숙소의 절반 이상이 비어 있었고, 삼경이 지난 시간이다 보니 사람의 모습은 찾을 길이 없었다.

그러나 적운비가 찾던 사람은 너무도 쉽게 찾을 수 있다.

교교하게 서서 달빛과 함께 연무장을 채우는 여인.

진예화는 검으로 허공을 겨눈 채 미동조차 하지 않고 집중하고 있었다.

그 모습에 적운비의 입가에는 옅은 미소가 절로 그려졌다.

'예뻐졌네.'

진예화는 그녀의 사부인 무정선자처럼 하루 종일 연무장을 떠나지 않았다. 그나마 그녀의 외모가 퇴색되지 않은 것은 무화선자가 돌보고 있기 때문일 터였다.

진예화의 고운 아미가 일그러졌다.

평정심을 유지했다고 여겼거늘 검 끝이 흔들린 것이다.

"후우……."

다시 한 번 검을 들어 달을 겨눴다.

검극에 맺힌 달빛은 서늘하기 그지없다.

마음속의 울분이 가득하니 검극은 끊임없이 흔들린다.

달이 흔들리지 않았을 테니, 내가 흔들리는 게다.

결국 늘 그러했듯 자문(自問)할 수밖에 없었다.

'왜 나는 강하지 않은 건가?'

그녀의 화두였다.

벌써 몇 달째 머릿속을 맴돌며 자신을 괴롭힌다.

오랫동안 고민한 끝에 번뇌의 근원을 추론할 수 있었다.

첫 번째 번뇌는 천룡맹을 탈출할 때였다.

대검백의 검을 몸으로 막아섰던 그 때.

자신이 강했다면 대검백을 밀어내고 적운비를 지켰을 것이다. 하지만 그렇지 못했기에 죽음으로 적운비를 지키려 했다.

약했기 때문이다.

두 번째 화두 역시 적운비와 관련이 있었다.

자소궁에서 위지혁과 예하 제자들을 소집했다. 일견하기에도 적운비와 관련된 일이 틀림없다. 하지만 그녀는 거기에 속하지 못했다.

'왜 나만 남겨진 거야? 왜!'

예하 제자들이 하산한 후 문파의 분위기는 더욱 가라앉았다. 문파를 위해 헌신하던 이들이 하산했으니 흔들리는 것은 당연했다.

하지만 진예화는 그들이 모종의 임무를 부여받고 하산했음을 눈치채고 있었다.

부러웠다. 그래서 더욱 수련에 매진했다.

자신에게도 기회가 올 것이라 믿으며 말이다.

한데 밤낮을 가리지 않고 수련을 해도 번뇌는 사라지지 않았다.

마치 처음부터 길을 잘못 들어선 것처럼 말이다.

그렇기에 진예화는 오늘도 달빛 아래 홀로 선 채 외로운 사투를 이어가고 있었다.

'다른 녀석들과 나는 뭐가 다른 거지?'

무정선자와 매일 같이 비무하면서 깨달은 사실이 있다.

자신은 생각보다 강해졌다는 것을 말이다.

위지혁과 다시 만나면 예전처럼 불안하지 않을 게다. 북두 천강검진을 상대한다고 해도 어느 정도 자신이 붙은 상태였다.

하지만 그녀의 번뇌는 강해질수록 뇌리를 지배한다.

천하제일고수가 되어도 해결되지 않을 만큼 하루 종일 그녀를 괴롭힌다.

'도대체 뭐가!'

진예화의 눈동자에 한순간 물기가 맺혔다.

눈을 너무 부릅뜨고 있었던 탓일까?

따갑고, 쓰라리다.

결국 맺혀 있던 눈물이 볼을 타고 흐르려 한다.

약해지면 안 돼! 꼴사나운 모습을 보이면 안 돼!

진예화는 황급히 코를 훌쩍이며 눈물을 닦았다.

한데 그 순간 생각지도 못했던 한 가지 사실이 그녀의 뇌리를 스치고 지나갔다.

저들과 그녀가 뭐가 다른지에 대한 해답이었다.

'아⋯⋯.'

봉긋하게 솟은 가슴팍.

그녀는 무인이라 여겼지만, 그녀는 여인이다.

그녀는 잊었을지언정 그녀의 몸은 잊지 않은 게다.

사내와 여인의 차이.

결국 진예화의 번뇌는 강약으로부터 비롯된 것이 아니었다.

마음, 연정이라 말하기에는 투박하다.

하지만 그녀의 마음이 번뇌의 시작임은 틀림없었다.

진예화는 아랫입술을 깨물었다. 하지만 심경의 변화 때문인지 파르르 떨리는 입술은 멈출 줄을 몰랐다.

결국 인정해야 했다.

'보고 싶은 건가?'

적운비가 살아 있다고 믿어도, 마음 한구석은 언제나 서늘했다. 그렇기에 그와 관련된 누군가와 담소를 나누고 싶었고, 함께 추억하며 힘든 시기를 이겨내고 싶었던 것이다.

'보고 싶은 거야.'

가문을 위해서, 문파를 위해서 강해지려 했었다.

하지만 어느새 적운비라는 존재가 굳은 결심 사이로 비집고 들어온 후였다.

진예화의 마음속에서 무언가 꿈틀거렸다. 아랫배부터 시작된 움직임은 전신을 답답하게 만들었다.

그녀는 찬바람을 깊게 들이마시며 고개를 들었다.

그러고는 하늘을 향해 응어리를 토해내듯 긴 숨을 내뱉었다.

"하아……."

그 순간 놀라운 일이 벌어졌다.

세상의 이치가 그러하듯 빈 곳은 채워지게 된다.

응어리를 토해낸 이상 텅 비어버린 곳을 가득 채운 것은 깨달음과 내공을 비롯한 본성으로의 회귀였다.

스스로를 인정하고, 넘어선 순간 처음으로 깨달음의 세계가 찾아온 것이다.

그녀를 옭아맸던 모든 것이 사라졌고, 달빛 아래 처음으로 진예화를 드러낸다.

진예화의 실체가 드러냈으니 달빛 또한 저절로 호응하였다. 검 끝에 걸려 있던 달이 어느새 손에 잡힐 듯이 성큼 다가온 것이다.

진예화는 시야를 가득 채운 빛무리 속에서 헤아릴 수 없을 만큼 많은 것을 접하고, 깨달았으며, 체득했다.

자신의 번뇌는 가문이 몰락했을 때부터 생겨났다는 사실을 말이다. 그것이 적운비로 인해 극대화되었고, 그 후에야 해결책을 찾기 시작한 것이다.

진예화의 입가에 옅은 미소가 걸렸다.

'우물 안 개구리였구나.'

그 순간 연무장 밖에서 기척이 느껴졌다.

이곳을 드나드는 사람은 자신과 무정선자뿐이다.

외인의 출입은 전무했다.

진예화가 눈을 가늘게 뜨고 고개를 돌리려는 순간 어둠 속에서 희미한 빛이 번뜩였다.

'암기?'

하지만 노리는 곳을 알 수 없다.

진예화는 황망한 와중에도 구궁신행검법의 검로를 펼쳤다. 오히려 검법을 펼친 진예화가 놀랄 정도로 자연스러운 움직임이었다.

방금 전의 깨달음으로 하나의 벽을 넘은 것이다.

진예화는 느긋하게 암기의 경로를 살폈고, 이내 아홉 곳의 검로를 세 곳으로 좁혔다. 그리고 이내 검을 휘저어 검면으로 암기를 튕겨냈다.

띵!

진예화는 암기를 튕겨냈지만, 생각지 못한 반탄력에 균형을 잃어야 했다. 하나 그녀 역시 건곤구공의 수련자가 아니던가. 그녀는 휘청거리는 상체의 불균형을 하체의 균형으로 상쇄시켰다.

평소의 그녀였다면 여기서 멈췄을 것이다.

하지만 진예화는 한 호흡에 전방으로 튕겨 나갔다.

파팟!

건곤구공의 묘가 극에 달하니 움직임은 자연스럽게 공파산의 투로를 쫓았다. 그리고 이내 적정묘궁과 후발선제의 묘리가 동시에 발휘된 것이다.

청석을 박찬 진예화의 신형은 한순간에 연무장의 절반을 날아갔다. 그러고는 암기가 날아온 곳을 향해 구궁신행검법을 펼쳤다.

좌라라라라락—

달빛을 받아 화려하게 빛나는 검영이 허공을 수놓았다.

그리고 각각의 검영이 살아 있는 것처럼 기운을 띠며 어둠 속으로 꽂혀 들었다. 적은 당황했는지 지금까지와 다르게 잔뜩 기척을 드러내며 암기를 흩뿌렸다.

"흥!"

진예화는 코웃음을 치며 허공에 원을 그렸다.

무정선자가 입이 닳도록 이야기했던 구결이 뇌리를 가득 채웠다.

팔방의 공격로에 하늘의 경로를 더하여 아홉으로 한다. 그렇게 아홉 방향을 점할 수 있게 되면 검의 흐름은 천신의 발길처럼 미치지 못하는 곳이 없다더라.

이제는 정말 아홉 방향을 점할 수 있을 것만 같았다.

"차핫!"

진예화의 부드러운 교성이 울려 퍼지는 순간 그녀의 검은 아홉으로 분화하여 팔방을 점했다. 그리고 이내 팔방의 중심으로 존재조차 흐릿한 하나의 기검이 모습을 드러냈다.

팔괘신지(八卦神指).

구궁신행검의 경지가 오성을 넘으면 천신의 손길을 맞이한다 하였다. 진예화는 한 번의 깨달음으로 초입에서 오성의 성취를 이룬 게다.

'내가!'

진예화의 얼굴에 화색이 돌았다.

하나 그녀가 놀란 만큼 상대도 놀랐나 보다.

흐릿하던 기척이 강하게 느껴졌다.

'봉문을 하니까 무당이 우스워 보이더냐!'

진예화는 거침없이 팔괘신지를 상대에게 쏟아 부었다.

백광이 번뜩이는 순간 팔방을 점하고 있던 검영이 빨려들었다. 그러고는 팔괘신지가 한순간 자취를 감추더니 기척이 느껴진 곳에서 폭발했다.

아니, 폭발해야 했다.

하지만 진예화가 연무장에 내려설 때까지 어둠 속에서는 기의 흐름조차 느껴지지 않았다.

적이 막았으면 반탄력이 느껴져야 했고, 피했다면 숲 어딘가에서 폭발했어야 하지 않은가.

진예화는 구궁신행검의 기수식을 취한 채 어둠을 노려봤

다.

그 순간 어둠 속에서 나직한 한숨이 흘러나왔다.

한데 왠지 모르게 낯설지가 않다.

진예화는 검을 겨눈 채 안력을 돋웠다.

시간이 지났을 때 그녀의 눈은 커졌고, 한껏 힘이 들어갔던 어깨가 천천히 늘어졌다. 그리고 마침내 어둠을 겨누고 있던 검은 연무장의 바닥을 겨누게 되었다.

진예화의 입에서 스스로 의식하지 못했을 정도로 부드러운 한 마디가 흘러나왔다.

"너냐?"

"잘 지냈냐고 묻고 싶었는데…… 엄청 잘 지냈구나."

적운비는 그제야 장막을 걷어내듯 양팔을 휘저으며 모습을 드러냈다. 팔괘신지를 받아낸 양손을 과장되게 흔드는 모습에서 어린 시절의 치기를 느낄 수 있었다.

쨍그랑―

진예화의 손에서 흘러나온 검이 연무장을 두들긴다.

"너구나."

울음기 섞은 목소리에 놀란 쪽은 적운비가 아니라 진예화였다. 하나 한번 터지기 시작한 제방이 쉬이 막힐 리 만무했다.

진예화는 적운비를 향해 한걸음씩 다가갔다.

그러고는 그의 양어깨를 감싼 채 한 마디를 흘렸다.

"다행이다. ……무사해서."

*　　　*　　　*

두 사람은 연무장 옆 공터에 기대앉았다.

아니 기대앉으려 했다는 것이 옳으리라.

적운비와 진예화 모두 등을 나무에 붙이지 못한 채 어정쩡한 자세로 허공을 응시하고 있었다.

'이것 참……'

적운비로서는 단순히 진예화의 성취를 알아보려는 마음에서 시작한 일이었다.

그녀의 성장은 적운비의 예상을 상회했다.

그러니 하고 싶은 말이 얼마나 많았겠는가.

한데 적운비는 꿀 먹은 벙어리처럼 연방 입맛만 다셔야 했다. 자신을 본 진예화의 반응 또한 예상하지 못했기 때문이다.

그녀의 감정을 모를 만큼 어리지는 않다.

그 또한 진예화를 남다르게 생각하는 것은 사실이지 않은가. 그러나 아는 것과 행하는 것은 별개였다. 그것이 남녀 간의 문제라면 더더욱 그러할 것이다.

다만 기분이 나쁘지는 않았다.

진예화는 옥청관의 뒷간에서 처음 만났을 때와 참 많이 달라졌다. 하지만 좋은 쪽으로 변했으니 호감은 예전보다 커졌을 것이 분명했다.

'무엇보다 예쁘잖아?'

적운비는 소리 없이 키득거렸다.

서로 달구경을 하고 있는 탓에 표정을 들킬 걱정은 없었다.

"혹시……."

진예화의 갑작스러운 말에 적운비는 죄지은 사람처럼 화들짝 놀라며 대꾸했다.

"응?"

담담한 한 마디가 이어졌다.

"소면 좋아하니?"

적운비는 눈을 끔뻑거렸다.

무슨 의미인지 알 수가 없었다.

하지만 진예화의 다음 말에는 나직이 탄성을 흘릴 수밖에 없었다.

"기쁜 날이면 어머니는 항상 소면을 말아 주셨어."

"……."

"처음으로 말과 수레를 샀을 때 먹었던 소면은 정말 맛있었어. 표사나 쟁자수가 늘어날 때마다 우리는 소면을 먹었지. 그런데 제대로 된 표국을 열었을 때 소면을 먹지 않았어. 초대한 사람들이 너무 많았고, 소면 같은 걸 대접하면 안 된다고 생각했던 거야."

적운비는 진예화가 담담하게 풀어내는 가정사를 묵묵히 들어주었다.

"그때부터였을 거야. 표국이 잘될수록 가족이 모이는 일은 없어졌어. 아버지는 항상 표행을 다니셨고, 어머니는 아버지를 대신해 표국을 지켜야 했지."

진예화는 쓴웃음을 지으며 말했다.

"두 분은 그저 표행만 했어. 상권과 관계를 가지지도 않았고, 표국 연합에 가입하지도 않았다. 그저 당신들만 잘하시면 모든 것이 잘될 거라고 믿으셨어. 그래서 거대 상단이 들어오고 표국을 만들었을 때 아무도 우리 표국을 도와주지 않았어. 그리고 우리는 아무것도 하지 못한 채 서서히 망해 갔지."

적운비는 의미심장한 표정을 지으며 물었다.

"네가 원망하던 사람들은?"

진예화는 코웃음을 쳤다.

"원망? 그래, 원망했지. 하지만 그들은 나라는 존재도 모를 테고, 우리 표국도 기억하지 못할 거야. 그들은 자신들의 이득을 위해서 움직였어. 상단도 표국도 손님도. 우리 표국만 빼고 말이야. 그렇다고 그들이 불법을 저지르거나, 패악을 저지르지도 않았어. 그래서 지금은 원망해야 하는지도 모르겠어."

세상의 이치가 그러하다.

진예화의 부모는 아무 죄도 짓지 않았다.

냉정하게 말하자면 상재(商才)가 없었던 것뿐이다.

하나 어린 진예화에게는 화목했던 가정의 붕괴를 초래한 원흉이 필요했다. 그렇기에 표국의 경쟁자들을 원망하고, 가문을 일으켜야 한다는 굴레를 스스로 뒤집어쓴 것이다.

그럼에도 불구하고 지금의 진예화가 짓고 있는 표정은 밝았다. 적운비에게 과거사를 털어놓으면서 자신의 번뇌 또한 털어버린 것이다.

"이제는 어떻게 할 거야?"

적운비의 말에 진예화는 어깨를 으쓱거렸다.

"무당의 제자니까 무학과 교리를 익혀 문파의 발전에 이바지해야 하지 않을까?"

진예화의 너스레에 적운비는 폭소를 터트렸다.

항상 찬바람을 두르고 다니던 진예화의 농담은 생각보다 재밌었다.

"할 줄 알아?"

"뭘?"

적운비는 빙긋 웃으며 말했다.

"소면. 나 소면 좋아해."

진예화는 헛기침을 하며 시선을 돌렸다. 하나 찰나간 그녀의 얼굴이 붉어지는 것을 모를 적운비가 아니다.

"뭐야? 혹시 요리 못하는 거야?"

적운비의 말에 진예화는 자리에서 벌떡 일어났다.

"그럴 리가 없잖아. 입문하기 전에는 내가 동생들 밥을 챙겨줬다고!"

"그래? 그럼 기대가 되는걸!"

하나 진예화는 고개를 내저었다.

"지금은 안 돼."

"어째서?"

"소면은 좋은 일이 있을 때 먹는 거야. 우리는 무당의 제자잖아. 문파에 좋은 일이 생기면 그때 대접할게."

적운비는 잠시 진예화의 얼굴을 살핀 후 빙긋 웃으며 고개를 끄덕였다.

"네 말이 맞네. 좋은 일이 먼저지!"

조만간 진예화에게 좋은 일이 생길 것이다.

하나 무당삼청의 결정을 진예화에게 털어놓을 수는 없는 일이 아닌가.

결국 적운비는 다음을 기약하기로 했다.

'후훗, 여전히 거짓말을 못하는군.'

반면 진예화는 남몰래 가슴을 쓸어내리고 있었다.

철이 들 무렵부터 검을 휘둘렀으니 요리에 재주가 있을 리 만무했다.

'큰일이네. 소면을 갑자기 어디서 배워야 한담?'

진예화는 황급히 화제를 돌렸다.

"존장들께 인사는 드렸어?"

적운비는 고개를 내저었다.

"인사드리려 했는데 그만뒀어."

"그래."

진예화는 별달리 질문을 하지 않고 수긍했다. 적운비라면 분명 타당한 이유가 있을 것이라 여겼기 때문이다.

그 모습 또한 예전과 다르기에 절로 호감이 일어났다.

"그럼 이제 어떻게 하려고?"

"늘 하던 걸 해야지."

진예화의 입가에 웃음이 맺혔다.

"할 수 있는 일부터 하나씩 해결한다는?"

적운비는 키득거리며 말했다.

"크큭, 잊지 않았네."

"그럼 어디로 가는 건데?"

"위지혁을 찾으러 갈 생각이야. 원래 현현전에서 바로 떠나려고 했는데 네 생각이 나서 보러 온 거야."

진예화는 슬그머니 얼굴을 붉히며 딴소리를 했다.

"위지혁은 왜?"

적운비의 눈동자가 반짝거리더니 입꼬리가 슬그머니 올라갔다.

"돈 좀 벌어볼까 하고."

진예화는 눈을 휘둥그레 뜬 채 마른 입술을 축여야 했다. 적운비가 저런 표정을 할 때에는 항상 범상치 않은 일이 일어났기 때문이다.

"갑자기 돈이라니……."

적운비는 장난스러운 웃음과 함께 눈을 찡긋거렸다.

"다 방법이 있지!"

그러고는 진예화가 대꾸할 사이도 없이 어깨를 토닥인 후 어둠 속으로 향했다. 한데 그 순간 적운비의 전음이 진예화의 귓가에 파고들었다.

[이제 너는 충분히 강해!]

진예화는 적운비의 전음으로 인해 배웅도 하지 못한 채 한참 동안 생각에 잠겨야 했다.

이내 그녀의 얼굴은 울상이 됐다.

적운비는 수련관 시절부터 그러했지만, 따라왔다 싶으면

어느새 저 멀리 나아가 있는 못된 놈이다.

"그래, 강하지."

진예화는 어디론가 사라진 적운비를 향해 한 마디를 전했
다.

"하지만 이제는 강하기만 해서 될까 싶다."

*   *   *

운해상단은 호북십대상단에 꼽힌다.

하나 상단주인 위지평정의 인품은 호북에서 세 손가락 안
에 들 정도로 소문이 자자했다. 그러나 세상은 착한 사람이
항상 복을 받을 만큼 따스하지 않았다.

게다가 호북의 정세가 급변했으니 무당파와 연을 맺었던
운해상단이 피해를 보는 것은 당연했다.

호사방의 수뇌부가 물갈이됐을 때 사람들은 무당파가 그
자리를 대신할 것이라 여겼다. 하지만 무당파는 호사방의 자
정 능력을 믿고, 무당산으로 돌아갔다.

그 자리를 은근슬쩍 대신 차지한 것이 바로 형문파였다.
당시에는 알려지지 않았지만, 형문파는 이미 제갈세가의 비
호 아래 세력을 확장하던 시기였다.

호사방을 흡수한 형문파는 곧바로 비슷한 크기의 명문정

파였던 운검문에 대한 작업을 시작했다.

제갈세가의 천뇌각 소속 문사들과 천룡대상단의 자금이 투입됐으니 제아무리 운검문이라고 해도 버텨내는 것은 무리였다.

그러던 중 무당파가 봉문까지 했으니 운해상단은 한순간에 끈 떨어진 연처럼 휘청거릴 수밖에 없었다.

"흐음."

위지평정은 여전히 인자한 표정으로 서류를 살폈다.

하나 위지평정의 딸인 위지예예의 낯빛은 어둡기 그지없었다. 일선에서 물러난 황 총관을 대신한 그녀는 그 누구보다 상단의 사정에 통달한 상태였다.

그러니 그녀의 표정이 곧 상단의 재정을 뜻했다.

"지금 그렇게 느긋하게 계실 때가 아니에요."

위지예예는 위지평정을 재촉하듯 말을 이었다.

"천룡대상단은 물론이고, 형문파까지 우리를 압박하고 있어요. 이대로라면 올해를 넘기기 힘들지도 몰라요."

위지평정의 이마에도 내 천(川)자가 그려졌다.

"그들이 상선금방의 비단을 매점매석했다고?"

"네, 상선금방은 십 년 동안 거래한 곳이에요. 금방의 방주는 제 면회조차 거절하고 두문불출하는 상태고요. 이번뿐 아니라 다음에도 천룡대상단이 비단을 독점하려고 할 거예요."

"흐음, 이것 참…… 내가 금방주와 만나보마. 상선금방이
안 된다면 다른 곳을 한시라도 빨리 찾아봐야지."

위지평정은 헛기침을 하며 화제를 돌렸다.

"참, 이번에 무당파로 보낼 물품은 준비되었느냐?"

위지예예의 표정은 더욱 일그러졌다.

천하 정세에 가장 민감한 곳은 다름 아닌 상단이다.

그렇기에 호북성의 상단들은 이미 무당파와 연을 끊은 상
태였다. 오직 운해상단만이 남아 전과 같이 기부를 하는 형
편이었다.

"아버지, 아버지께서 무당파를 어찌 생각하는지 알아요.
하지만 지금은 그런 걸 보낼 때가 아니라고요. 당장 이번 달
하인들의 월봉을 걱정해야 하는 우리예요. 한데 어째서 무당
파에 대한 지원을 포기하지 않으시는 거예요?"

"상인에게 있어서 신용이란 목숨보다 소중한 것이다. 내
가 무당파를 돕겠다 했으니 더 무슨 말이 필요하랴. 게다가
무당파는 혁이의 사문이 아니더냐?"

위지평정은 단호했다.

상인이 신용을 논하는 데 어찌 말을 덧붙일 수 있겠는가.
위지예예는 답답한 기색이 역력했지만, 감히 불평불만을 이
어갈 수 없었다.

"오빠는 도대체 천룡학관에서 어떻게 지냈기에 천룡대상단의 미움을 산 거야. 이게 다 오빠 탓이에요!"

위지평정은 얼마 전 돌아온 아들을 떠올렸다.

무당파는 지원만 끊긴 것이 아니라 제자들의 이탈도 심각하다 했다. 아들 또한 그렇게 도망친 줄 알고 얼마나 혼쭐을 냈던가.

하지만 위지혁은 아비의 말을 끝까지 경청한 후 무당삼청의 뜻을 전했다.

'많이 컸어.'

무공이 강해진 것보다 무당삼청이 일을 맡길 정도의 위치라는 것에 더욱 기분이 좋았다.

"네 오라비는 지금 무엇을 하고 있느냐?"

위지예예는 잔뜩 토라진 채 퉁명스런 한 마디를 내뱉었다.

"몰라요! 또 연무장에나 있겠지요."

위지평정은 위지예예가 떠난 후 겉옷을 집어 들었다.

위지혁을 만나러 갈 요량이다.

한데 그가 자리에서 일어나기 전에 나직한 한 마디가 들려왔다.

"외출은 잠시 미뤄주시지요."

위지평정은 눈을 휘둥그레 떴다.

잠시 후 적운비가 어둠 속에서 모습을 드러내자, 입가에 환한 미소가 드리워졌다.

"무사했구나!"

적운비는 위지평정을 향해 손을 모았다.

그리고 허리를 숙였다. 그 후에 공손함을 담아 인사를 전했다.

"그간 어려움에 빠진 무당파를 도와주셨으니 어떤 말로 감사를 표해야 할지 모르겠습니다."

위지평정은 무거운 숨을 토해낸 후 고개를 내저었다.

"아니다. 나는 딸에게 말했던 것처럼 순수한 호의로 지원을 해 온 것이 아니다. 무당파를 존경하는 마음도 있었으나, 너라는 존재를 믿었기에 돌아서지 않았다. 그러니 네게 인사를 받을 만큼 대단한 일을 한 것이 아니야."

적운비는 빙긋 웃으며 말했다.

"위지혁이 무슨 말을 전했다고 해도 돌아설 사람은 돌아섰을 겁니다. 하지만 상단주께서는 그러지 않으셨으니 존중받아 마땅하십니다. 이건 공치사가 아닙니다."

"고맙다. 그나저나 존장들께 인사는 드렸느냐?"

적운비는 고개를 내저었다.

"상단주께 처음 인사드리는 겁니다. 아! 한 명 더 있기는 하지만, 문제 될 것은 없지요."

"어째서 내게?"

위지평정은 고개를 갸웃거렸다.

적운비는 당연하다는 듯 말을 이었다.

"아까 따님, 따님 맞으시죠? 혁이랑 비교도 안 되게 예쁘네요."

"관심이 있는가?"

위지평정의 농에 적운비는 뒤통수를 긁적였다.

"아쉽게도 제가 할 일이 많아서⋯⋯ 어쨌든 상단의 사정이 안 좋으신가 봐요?"

"아무래도 그렇지. 제갈세가와 형문파의 등살도 힘들거늘, 천룡대상단까지 신경 써야 하니까. 하지만 내가 상단 생활만 삼십여 년이네. 인맥은 남부럽지 않으니 금세 돌파구가 생겨날 것이야. 자네는 걱정 말게. 아! 혁이가 상단에 돌아왔네."

위지평정은 목소리를 낮췄다.

"무당삼청께서 일을 맡기셨으니 괜한 오해는 하지 않아도 되네."

하나 적운비는 고개를 내저었다.

"제가 찾아온 이유는 상단주를 뵙기 위함입니다."

"나를?"

적운비는 위지평정보다 더 목소리를 낮췄다.

"상단주께 마르지 않는 금줄이 있다면 어느 정도 세를 불리실 수 있을까요?"

"진심인가?"

"저는 상단주를 처음 뵌 이후로 지금껏 흰소리는 한 적이 없습니다."

위지평정은 생각에 잠겼다.

잠시 후 그는 벽으로 다가가 숨겨진 비밀 장소를 열었다. 적운비를 등 뒤에 두고도 의심하지 않고 금고를 열더니 서류를 살피기도 했다.

한참이 지난 후 위지평정이 다시 한 번 적운비 앞에 섰다.

"강북에 대해서는 나도 아는 바가 적네. 하지만 강남이라면 도모할 수 있겠지."

적운비는 고개를 끄덕였다.

위지평정은 적운비가 좋아하는 사람답게 말을 허투루 내뱉는 사람이 아니다. 그런 그가 할 수 있다면 할 수 있는 것이다.

"제가 돕겠습니다."

"어떻게?"

적운비는 빙긋 웃으며 말을 이었다.

"천룡맹은 패천성을 제외하면 다른 사태천과 눈에 보이는 것 이상으로 사이가 좋습니다. 그것이 가능했던 이유가 무엇일까요?"

"……."

"천룡대상단입니다."

위지평정은 눈을 휘둥그레 떴다.

"천룡대상단? 어째서 천룡맹의 천룡대상단이……."

적운비는 천룡학관에 입관 당시 노대를 통해 천룡맹의 정보들을 훤히 꿰고 있는 상태였다.

"천룡대상단의 전신은 동부재화연합입니다."

"그랬던 것 같네. 삼십여 곳이 넘는 중소 상단이 한목소리를 내기 위해 설립한 단체였지."

적운비의 입꼬리가 올라갔다.

"사도련의 영역에는 서천금화상련이 있고, 혈마교의 영역에는 해도대상련이 존재합니다."

위지평정의 미간이 일그러졌다.

"설마……?"

적운비는 표정을 굳힌 채 한 마디를 내뱉었다.

"이 세 곳의 자금줄을 역추적하면 분명 그곳이 나올 겁니다."

"그곳이라니?"

"황천금상!"

위지평정은 경악에 찬 탄성을 흘렸다.

"황천금상은 태조에 의해 해산되지 않았던가?"

나라를 세운 황제가 처음 한 일은 공신을 처리하고, 권력을 집중시키는 일이었다.

　황천금상(黃天金商)은 당시 황제를 도와 나라를 건립하는 데 큰 공을 세운 중원제일상단을 뜻했다. 그렇기에 황제가 직접 현판을 내려 황천금상이라 이름을 변경하지 않았던가.

　하지만 황제의 서슬이 시퍼런 칼날은 피하지 못했고, 황천금상은 수십 년 전 역사 속으로 사라져야 했다.

　"황천금상이 해산됐다고 해서 상단의 힘마저 사라진 것은 아니지요. 세월이 흘러 다른 이름으로 등장했다고 해도 하등 이상할 것이 없습니다. 원래 상인들은 왕조의 흥망성쇠를 피하는 것이 상도라고 하지 않습니까?"

　"허허, 이거 놀랍군. 하면 천룡대상단의 단주인 임차금이 다른 곳의 단주들을 통하여 사태천을 평화롭게 만들었다는 뜻인가?"

　"그거야 더 파고들어 봐야 알겠지요."

　고개를 끄덕이던 위지평정이 눈을 휘둥그레 떴다.

　"자네 설마! 그렇다면 그들을 건드릴 셈인가?"

　적운비는 빙긋 웃으며 말했다.

　"네. 돈 많이 버는 것 같던데 좀 나눠 쓰려고요."

　위지평정은 입을 벌린 채 말을 잇지 못했다.

　도가 문파의 제자가 도적질을 하겠다고 선언한 것이나 다름없지 않은가.

하나 이내 그는 헛웃음을 흘렸다.

"어떻게?"

"상단주께서 도와주신다면 일도 아닐 것 같은데요?"

"허허, 놀랍군. 놀라워. 그래, 도울 수 있는 것은 모두 돕겠네. 그나저나 어디로 가서 돈을 훔쳐, 아니 얻으려고 하는가?"

적운비는 남향으로 나 있는 창문을 응시했다.

"기왕이면 나쁜 놈들 돈을 빼돌리는 것이 모양새도 좋지 않겠습니까?"

第十章
해도대상련의 그놈

세월은 원치 않게 망각을 선물로 주곤 한다.

보타암의 멸문이 그러했다.

생존자의 입에서 사도련이 나왔고, 검후의 제자는 복수를 천명하지 않았던가.

패천성과 천룡맹은 서로를 등한시했던 과거를 잊고 하나로 힘을 합치려 했다. 당장에라도 사도련과의 정사대전이 일어날 것처럼 강호에는 전운이 감돌았다.

하나 사도련은 건물을 개방하는 강수로 혐의를 벗고자 했다. 실제로 패천성과 천룡맹의 무인들로 구성된 사절단이 사도련을 찾아 수십일 간 조사를 벌였다.

그 과정에서 천룡맹에 사절로 와 있던 사도련주의 아들이 자결을 했다.

억울함을 호소하는 장문의 유언장을 남기고 말이다.

그 후 민심은 조금씩 사도련으로 기울었다.

애초에 증거 없이 시작한 일이었다.

혐의를 입증할 수 없으니 처벌할 수도 없다.

그렇게 시간을 보내다 보니 자연스럽게 강호의 관심도 조금씩 멀어져 갔다. 내일 세상이 망해도 오늘 저녁을 걱정하는 것은 사람의 본성이 아니던가.

게다가 곳곳에서 보타암의 혈사에 관한 헛소문들이 강호에 난무했다. 시간이 지날수록 진실보다 흥미 위주의 주문이 강세를 폈다. 결국 보타암의 혈사는 미궁을 빠지면서 흐지부지되기 시작했다.

그 후 천룡맹은 조사단을 해산시켰다.

남궁세가의 반발이 있었으나, 증거 없는 외침은 공허할 뿐이다. 제갈세가와 남궁세가의 골은 깊어졌다.

이제 강호인들은 천룡맹과 사도련이 아니라 두 세가의 신경전을 걱정해야 했다. 그렇게 강호는 다시 한 번 위태로운 평화를 이어갈 수 있었다.

강호가 위기를 겪느라 몸서리를 치던 때에도 조용한 곳

이 있었다.

사건의 중심에서 한발 물러선 혈마교였다.

특히 중원에서 벗어난 복건 지방이라면 신선놀음을 하고 있어도 이상한 것이 없을 정도로 평온했다.

한데 해도대상련 복건지단 복주지부의 지부장은 생사대적이라도 만난 것처럼 분노를 토해내고 있었다.

"젠장!"

복주지부장 왕평은 연방 부채질을 하며 신경질적으로 중얼거렸다. 왕평의 수족이라고 할 수 있는 우성추가 슬그머니 다가와 물었다.

"무슨 안 좋은 일이라도 있으신 겁니까?"

왕평은 한숨만 연거푸 내쉬며 노기를 가라앉혔다.

"내가 여기 오려고 들인 돈이 얼만지 알지?"

우성추는 왕평이 작은 지부의 총관일 때부터 수족을 자처한 이였다. 그러니 왕평이 해도대상련에서도 다섯 손가락 안에 꼽히는 복주지부로 임명받기 위해 얼마나 많은 금자를 뿌렸는지 모를 리 없었다.

"왜, 왜 그러시는데요?"

우성추는 떨리는 목소리로 물었다.

왕평의 뒤를 따르며 돈을 뿌린 것은 그도 매한가지였다. 복주지부에 발령받고 주변 무관과 관리들에게 뿌린 돈만 해도 은자 천 냥을 훌쩍 넘기지 않던가.

"오늘 총단에서 사람이 내려온단다."

"총단이요? 오늘 사람이 온다고요?"

우성추는 고개를 갸웃거렸다.

왕평의 돈을 받아먹은 것은 총단의 고위 상인들도 마찬가지가 아닌가.

"몰라! 갑자기 총단에서 내려온단다. 련주님 입김이 들어갔다니 이건 거절도 못 해."

우성추는 침을 꿀꺽 삼키며 물었다.

"그럼 직급이?"

왕평은 미간을 찡그리더니 우성추의 머리통을 후려쳤다.

"이 새끼가 벌써 갈아탈 생각을 하는 거냐?"

우성추는 머리를 감싸 쥔 채 억지웃음을 지었다.

"헤헤, 그럴 리가요. 미리 알아두어야 지부장님을 보필하는 데 도움이 되지 않겠습니까?"

"흥! 내가 네 생각을 모르겠냐? 조심해!"

"명심하겠습니다."

왕평은 한숨을 내쉬더니 고개를 갸웃거리며 말했다.

"상권 기획단이라던데…… 도대체 뭐하는 곳이지?"

우성추가 눈을 휘둥그레 떴다.

"상권 기획단이요?"

"그래, 너 혹시 아는 것 있냐?"

"알지요. 요즘 해도대상련에서 가장 유명한 부서잖아요! 지부장님도 들어보셨을 텐데요."

왕평은 그래도 모르겠는지 고개를 갸웃거렸다.

"글쎄다."

"거 있지 않습니까! 일전에 폐쇄 직전까지 몰렸던 뇌주 지부가 갑자기 돈을 쓸어 모아서 광동성 서열 삼 위까지 치고 올라갔던 사건요."

"그래, 그 촌구석에 팔아먹을 게 있다는 점이 신기할 정도였지. 그런데 그게 상권 기획단에서 한 일이라고?"

"그렇다고 하더라고요. 그뿐이 아닙니다. 호남의 형산 전장이 망하기 직전인 건 아시죠?"

"그렇지. 해도대상련의 총단이 형산 옆에 있잖아. 너 같으면 총단을 두고 형산에 돈을 맡기겠냐? 거기는 퇴물들이나 보내는 귀양지잖아."

우성추는 고개를 내저었다.

"그 형산전장까지 살려냈답니다! 상권 기획단에서!"

이제는 왕평도 놀라지 않을 수가 없었다.

"아니 그렇게 유명한 놈들을 내가 왜 몰랐지?"

"상권 기획단이 창설된 게 불과 사 개월 전이랍니다. 그런데 벌써 지부 한 곳, 전장 두 곳, 상단 세 곳을 정상화시

켰답니다. 아마 모르긴 몰라도 총단의 원로들이 상권 기획단을 잡아먹으려고 눈에 불을 켜고 있을 겁니다."

왕평은 연방 감탄을 금치 못했다.

한데 이내 고개를 갸웃거리며 물었다.

"그런데 상권 기획단은 살리는 게 전문이잖아. 그런데 우리 지부에 살릴 게 있어?"

우성추는 눈을 끔뻑거렸다.

"그도 그러네요. 복주 지부에서 시행하는 사업의 규모는 몇 손가락 안에 꼽힐 텐데……."

왕평은 오만상을 지으며 콧김을 내뿜었다.

"뭔가 불안해."

"그럼 어떻게 하지요?"

우성추의 말에 왕평은 짜증을 쏟아냈다.

"뭘 어떻게 해! 환영 연회나 준비해. 련주님 직속이라잖아!"

＊　　　＊　　　＊

두 명의 청년은 말을 탔고, 그 뒤로 호화로운 마차 십여 대가 뒤따랐다. 바로 해도대상련의 신설 부서인 상권 기획단의 행렬이었다.

한데 제아무리 잘나간다고 해도 상권 기획단의 행렬은 너무 난잡했다. 마차에 탄 문사들은 제각기 기녀를 끼고 거나하게 술판을 벌였다. 또한, 말을 타고 가는 청년들도 향이 진한 술병을 연방 기울이고 있지 않은가.

말을 탄 청년들이 상권 기획단의 단주와 부단주였으니 조직의 위계가 어떠한지는 불을 보듯 뻔했다.

부단주인 여인청은 술병을 기울인 후 입술을 훔치며 슬그머니 고개를 돌렸다. 그의 눈빛에는 음흉한 기운이 가득했고, 입가에는 당장에라도 침이 흐를 것처럼 번들거린다.

"왜, 너도 끼고 싶으냐?"

상권 기획단주가 머리에 쓴 방갓을 슬쩍 들추며 말했다. 그러자 부단주는 사형 선고라도 들은 사람처럼 황급히 손사래를 쳤다.

"아닙니다. 단주님."

"크큭, 개가 똥을 피하랴. 내가 말했지? 아랫것들하고 같이 뒹굴면 격 떨어진다고 말이야."

부단주는 기대감 가득한 표정을 지었다.

"단주님의 정보력이라면 분명 좋은 곳을 찾아 놓으셨겠지요?"

"우리끼리 있을 때는 형님이라고 불러. 내가 언제 우리 동생을 실망시킨 적이 있더냐? 하하하!"

"예, 형님!"

여인청은 슬그머니 단주의 곁으로 다가와 말머리를 나란히 했다.

"그런데 여기서도 돈 나올 구석이 있나요?"

단주는 오만할 정도로 고개를 빳빳이 든 채 입꼬리만 올렸다.

"후훗, 내가 몇 번을 말했지. 쥐어짰는데 돈이 안 나와. 그럼 미련 버리고 한시라도 빨리 새로운 걸 쥐어짜야 하는 거야."

"그렇죠! 형님 말처럼 정보가 가장 중요하지요!"

단주는 턱을 쓰다듬으며 으스댔다.

"그 정보가 우리를 이끌고 있잖아. 우리는 복주에서 노다지를 캘 거다."

여인청은 키득거리며 입맛을 다셨다.

"저야 형님이 시키는 대로만 하겠습니다."

잠시 후 두 사람의 시야에 복주지부가 들어왔다.

단주는 여인청을 향해 손짓했다.

"마차는 모두 지부로 보내. 우리는 지부장 길들이기나 하자."

단주와 여인청은 일부러 지부 앞을 지나 저잣거리로 나

섰다. 복건성의 성도답게 복주의 성내는 깔끔했고, 치안 또한 나쁘지 않았다.

두 사람은 성내를 지나 외곽으로 말 머리를 돌렸다.

대낮임에도 붉은 등과 푸른 등이 가득했고, 만취한 유생들의 모습 또한 낯설지 않을 정도로 번잡했다.

"크크큭!"

여인청은 기녀들의 색정적인 몸짓과 교태 가득한 목소리에 연방 음흉하게 웃었다.

"침 닦아라. 네 할아버지께서 아시면 치도곤을 내리실 게다. 여자를 끼고 놀아도 품격 있게 놀란 말이야."

단주의 말에 여인청은 헛기침을 하며 표정을 굳혔다.

여인청은 파락호 같은 언행과 달리 명문 출신이다.

그것도 해도대상련의 삼대 원로 중 가장 세력이 큰 여금보의 유일한 손자였다. 여금보는 광동성의 은자를 오 할 넘게 굴린다는 여가전장(呂家錢莊)의 설립자가 아닌가.

애초에 일개 서기 출신을 발탁하여 상권 기획단을 만든 사람이 바로 여금보였다.

단주는 그야말로 연전연승이었고, 여금보는 자신의 손자를 맡길 정도로 신임을 했다.

그러니 여인청에게 있어서 여금보의 존재는 역린이나 마찬가지였다.

"저기로구나!"

단주가 멈춰 선 곳은 기루가 아니라 강변에 자리한 커다란 장원이었다. 현판도 없고, 인기척도 느껴지지 않으니 여인청으로는 고개를 갸웃거릴 수밖에 없었다.

"형님, 여기는 여염집인 것 같은데요?"

단주는 빙긋 웃으며 문을 두들겼다.

그러자 잠시 후 중년 여인이 문을 열고 나섰다.

다소곳한 차림새에 기품이 느껴지는 여인이었다.

"어인 일로 찾아오셨는지요?"

단주는 방갓을 슬쩍 들춰 얼굴을 보였다. 그러고는 소매에서 작은 팻말을 꺼냈다.

"왕 지부장이 편히 쉬다가 오라던데?"

그 순간 여인청으로서는 믿지 못할 일이 벌어졌다.

정숙하던 여인의 입꼬리가 올리며 진득한 색기가 흘러나온 것이다.

"훤칠한 공자님들을 모시게 되어 영광입니다."

동시에 장원의 문이 양쪽으로 열렸고, 작은 교자가 나타났다.

단주는 자신의 집에 온 것처럼 편안한 자세로 교자에 올랐고, 여인청은 떨떠름한 표정으로 그 뒤를 따랐다.

"형님, 이게 무슨……."

"네가 원했던 곳이다. 즐겨라."

잠시 후 교자가 멈췄고, 내원의 문이 열렸다.

그 너머의 세계는 별천지였다.

여인청은 입맛을 다시며 키득거리기 시작했다.

"즐기는 건 제가 또 어디 가서 뒤지지 않지요!"

단주와 여인청이 찾아온 곳은 복주의 유지들만 모인다는 신분제 기루였다. 해남의 여인들은 갈색 피부를 자랑하고, 심지어 운남과 새외에서 온 여인들도 즐비했다.

여인청으로서는 도원경이 따로 없을 터였다.

복주지부장의 명패가 있으니 술상은 비워지기 전에 채워졌고, 온갖 미주를 품은 아리따운 기녀들도 방을 가득 채웠다.

술자리가 무르익자 단주와 여인청이 간택한 기녀들만 방 안에 남았고, 촛불도 하나둘씩 심지를 다하여 사그라졌다.

"크큭! 이러시면 안 된다니까요."

여인청은 기녀와 옥신각신하며 연방 술잔을 비웠다.

단주는 그 모습에 느긋한 표정으로 기녀가 따라주는 술을 받아마셨다. 한데 시간이 흐를수록 여인청과 기녀들의 얼굴이 붉게 달아오르기 시작했다.

모두 단주가 의도한 일이다.

그는 술상 아래에서 일정한 방향으로 손을 휘저었다.

그 결과 방 안의 주향은 여인청과 기녀들을 향해 몰려들게 된 것이다. 게다가 단주는 자신의 몸에 쌓인 주독까지 기녀들을 향해 흘려내고 있었다.

피부로 스며든 주독이 마침내 효력을 발휘했다.

여인창을 비롯한 기녀들이 꾸벅꾸벅 졸기 시작한 것이다. 단주는 그제야 기녀의 옷자락을 만지작거리며 추파를 던졌다.

"이러시면 안 되는……."

기녀는 옷고름을 부여 쥔 채 쓰러졌다.

뒤이어 여인청과 다른 기녀도 머리를 맞댄 채 잠에 빠져들었다.

단주는 그제야 빙긋 웃으며 몸을 일으켰다.

솨아아아!

그가 창가로 발걸음을 옮기는 순간 기이한 일이 벌어졌다. 마치 껍질을 벗은 것처럼 희끄무레한 연기가 사람의 형태로 남아 버린 것이다.

연기의 정체는 몸속에 남아 있던 주독이었다.

단주는 창밖을 응시했다.

강 너머로 복주 지부가 보였다.

"이제 슬슬 시작해 볼까."

늘 거들먹거리던 목소리가 아니었다.

방갓을 벗은 단주는 다름 아닌 적운비였다.

그의 눈동자에 장난기가 어렸고, 입매는 묘하게 비틀렸다.

"구리 동전 한 개까지 깡그리 쓸어가는 거야!"

*　　*　　*

적운비와 여인청은 오후 늦게야 지부에 들어섰다.

복주지부장인 왕평의 얼굴은 불어터진 만두처럼 퉁퉁 부은 상태였다. 그도 그럴 것이 연회를 준비하느라 큰돈을 들였거늘 주인공이 내빼지 않았는가.

그러나 말투만은 공손했다.

해도대상련의 련주가 아낀다지 않은가. 게다가 알고 보니 불한당처럼 생긴 부단주는 원로인 여금보의 손자란다.

그러니 왕평은 넙죽 엎드릴 수밖에 없었다.

"소인 복주지부장, 왕평이라고 합니다. 원행에 고초가 많으셨습니다."

이를 악물고 극진한 예를 보였다.

최소한 이쯤 말했으면 저도 사람인 이상 미안함을 표현하리라 믿었다.

쨍그랑—

왕평의 시선은 적운비가 던진 손바닥만 한 목패를 쫓았다.

'저 버르장머리 없는 새끼!'

목패의 모양새가 왠지 모르게 익숙했다.

하지만 결코 이곳에 있어서는 안 될 목패가 아닌가.

잠시 후 왕평은 눈을 휘둥그레 떴다.

'비경원의 출입 명패잖아! 어떤 칠칠치 못한 놈이 흘렸는지는 모르겠지만, 비경원주에게 고자질해서 제명을 시켜야겠어. 그럼 비경원주의 접대가 한층 더……'

한데 왕평은 망상을 이어갈 수가 없었다.

그도 그럴 것이 명패에 적혀 있는 것은 자신의 이름이 아닌가. 왕평은 황망함에 눈을 끔뻑이며 명패를 주워들었다. 그리고 자연스럽게 고개를 들어 적운비를 쳐다봤다.

적운비는 시큰둥한 표정을 지었고, 여인청은 재밌는 구경을 하는 사람처럼 싱글벙글이다.

"이게 어째서……?"

적운비는 대수롭지 않게 대꾸했다.

"가짜야. 진짜는 자네 금고에 있을 테니 걱정 말게."

"한데 단주께서 이걸 어떻게?"

왕평의 물음에 단주는 대답 대신 한 장의 서류를 내던졌다.

"지불해."

비경원의 직인이 찍힌 것을 보니 계산서가 분명했다.

그 내용은 왕평에게 있어서 너무도 익숙한 것이었다.

그도 그럴 것이 애초에 비경원이 신분제로 손님을 받고, 후불제가 가능했던 이유는 왕평이 보증했기 때문이다.

"천, 천이백 냥이라니요!"

적운비와 여인청은 서로 마주 보며 키득거렸다.

"자네 말대로 원행에 고초가 심했거든. 그래서 회포를 좀 거하게 풀었네. 어쨌든 접대는 잘 받았어. 고마웠네."

왕평은 서류를 든 채 부들부들 떨었다.

매 순간 망치로 뒤통수를 쉼 없이 얻어맞은 기분이다.

하지만 시간이 흐를수록 두려움이 앞섰다.

아무도 모르던 비경원을 눈치챈 것은 물론이고, 가짜 출입패까지 만들어 놓은 자다. 자신의 비리 정도는 이미 충분히 캐고도 남았을 게다.

게다가 천이백 냥은 자신의 금고에 넣어져 있는 전표의 금액이 아닌가. 비자금은 훨씬 더 많았지만, 지금 당장 운용할 수 있는 자금은 천이백 냥이 전부였다.

만약 여기까지 파악했다면 이건 빼도 박도 못하는 상황이 되어버린 것이다.

이미 적운비의 하대는 뇌리에서 사라진 지 오래였다.

지금은 선택을 해야 할 순간이었다.

'어차피 된통 걸렸는데……..'

상대는 자신보다 스무 살이나 어린놈이지만, 련주의 신임과 원로의 총애를 받는 존재가 아닌가. 실제로 상권 기획단이라는 기구 자체는 비상임기구였다. 분명 상권 기획단이 해체되면 총단의 요직에 앉을 터였다.

'한 번 걸어봐?'

왕평은 상단에서 이십여 년 넘게 닳고 닳은 상인이었다. 그렇기에 단주가 이처럼 무도한 행위를 아무렇지도 않게 하는 이유를 쉬이 짐작할 수 있었다.

자신 역시 우성추에게 충성 서약을 받을 때 비슷한 짓을 하지 않았던가.

한 마디로 알아서 기라는 뜻이다.

왕평은 억지웃음을 지으며 힘겹게 한 마디를 흘렸다.

"제, 제가 당연히 지불해야 하는 금액입니다. 비경원에는 이야기를 해놓을 테니 언제든 행차만 하시지요."

그제야 적운비의 입가에 미소가 그려졌다.

"나가 봐."

왕평이 나간 후 여인청은 혀를 내두르더니 엄지를 추켜세웠다.

"역시 형님은 대단하십니다!"

적운비는 거들먹거리며 몸을 의자에 묻었다.

"하루 이틀 보냐? 그래도 지부장, 저 치도 진짜 눈치 빠르네. 별일 없이 잘살면 나중에 한 자리 차지하겠다."

"그런가요?"

"왕평은 돈이 좋은 게 아니라 돈의 노예가 된 거야. 그러니 저런 자는 이득이 있으면 절대 배신하지 않아. 잘만 쓰면 수족으로 부를 만하지."

여인청은 탄성을 흘리며 고개를 끄덕였다.

적운비를 따르기 전에 여금보가 자신을 불러다 놓고 신신당부하지 않았던가. 쓸 만한 자가 보이면 반드시 휘하로 들이라고 말이다.

적운비는 생각에 잠긴 여인청을 보며 슬며시 미간을 찡그렸다.

여자와 돈을 좋아하는 전형적인 속물이다.

여금보가 녀석의 할애비가 아니었다면 평생 얽힐 일이 없었을 게다. 하나 필요에 의해 녀석을 알았고, 여금보까지 인맥을 만들었다.

그 결과 여인청에 대한 평가는 바닥 중에서도 바닥이었다. 제갈세가의 제갈치광도 이 정도로 패악을 저지르지는 않았다.

놈은 어릴 때부터 고리를 놓고, 사람을 매매했으며 제 욕심을 차리기 위해서라면 뭐든지 하던 악질이다.

아무리 무당의 부흥을 위해서라지만, 함께 지내는 것은 너무 큰 형벌이었다.

'넌⋯⋯.'

적운비는 여인청이 시선을 돌리자 황급히 표정을 풀었다. 여인청은 키득거리며 손을 비비더니 입맛을 다시기 시작했다. 놈이 무언가 원하는 것이 있을 때 주로 하는 행동이었다.

"왜 그래?"

"아까 지부에 올 때 주루의 여주인 보셨습니까? 미색이 아주 출중하던데요!"

적운비의 눈매가 미세하게 꿈틀거렸다.

하나 이내 여인청의 말에 맞장구를 치기 시작했다.

"크큭, 동생의 안목은 역시 대단하군. 나도 봤지."

여인청은 회가 동했는지 침을 삼키며 조심스럽게 물었다.

"그럼 오늘 밤에 한 번 가실랍니까?"

적운비는 아쉬운 표정을 지으며 입맛을 다셨다.

"하아, 나도 그러고 싶지. 하지만 나는 일이 끝날 때까지는 절대로 눈을 돌리지 않아. 동생도 알지? 오늘 왕평을 만나는 순간부터 상권 기획단의 일이 시작된 거야."

여인청은 땅이 꺼져라 한숨을 내쉬었다.

"매번 그렇게 말씀하시고는 일 끝나면 바로 복귀했지 않습니까. 이번에는……."

적운비가 인상을 쓰며 말했다.

"내가 이런 말은 하지 않으려고 했는데. 내가 복귀하고 싶어서 했겠냐?"

여인청은 눈을 휘둥그레 떴다.

"설마 할아버지께서!"

적운비는 대답을 하지 않고 슬그머니 시선을 피하며 한숨을 내쉬었다. 결국 여인청도 여금보의 이름이 거론된 마당에 더 이상 고집을 피울 수가 없었다.

"어쩔 수 없지요. 총단에 돌아가서 회포를 푸는 수밖에……."

적운비는 여인청을 위로했다.

하지만 속내는 전혀 달랐다.

'넌 돌아갈 수 없을 거야.'

*   *   *

복주지부장인 왕평은 다시 돌아올 때 작은 수레를 밀며

들어섰다. 복주지부의 출납 장부를 비롯한 중요 서류들을 가지고 온 것이다.

왕평이 나름대로 표현하는 충성의 방식이리라.

"나가서 애들 좀 챙겨. 쓸데없는 짓 못 하게 감시 잘하고. 알았지?"

여인청은 익숙한 일인지 고개를 끄덕이며 나갔다.

왕평이 조심스럽게 물었다.

"함께 오신 분들은?"

적운비는 고개를 끄덕였다.

"맞아. 모두 총단의 높은 분들께서 엮어놓은 녀석들이지."

왕평으로서는 이미 예상하고 있던 바였다.

그도 그럴 것이 사태천이 겉으로나마 평화로운 이때 공을 세울 일은 전무하다시피 했다. 한데 해도대상련의 상권 기획단은 장로나 각 요인들의 자식들에게 업적을 쌓아줄 수 있는 좋은 자리였다.

적운비로서는 거부할 이유가 없었다.

해도대상련의 핵심층과 가까워지는 것은 바라마지 않던 일이었기 때문이다. 그리고 핵심층의 자제들이 술과 여자로 세월을 허송한다면 멀리 보았을 때 천룡맹의 입장에서도 좋은 일이 아니던가.

"하면 상권 기획단의 다른 사람들은……."

"말직에 있는 놈들까지 호의호식을 하면 언제 돈을 버나? 일이 잘 끝났을 때 대충 포상금을 주면 되는 거야. 왕지부장, 머리가 안 돌아가나?"

왕평은 실실거리며 손을 비볐다.

"그럴 리가 있겠습니까. 혹시 필요하신 일이 없나 해서 여쭤본 것이지요."

적운비는 못마땅한 기색을 보였고, 왕평은 더욱 넙죽 엎드렸다.

"됐고, 복주 지부의 자금 운용은 어떠한가?"

"여타 지부와 마찬가지로 상권 장악과 상단 운용, 그리고 전장의 고리로 대부분 자금을 충당하고 있습니다."

왕평은 비단에 쌓인 몇 장의 종이를 건넸다.

복주에서 떵떵거리는 부호들의 명단이었다.

적운비는 왕평의 보고를 귀로 들으며 서류를 훑어내려갔다. 그러고는 어느 부분에 도달했을 때 슬며시 입꼬리를 올렸다.

하나 잠시 후 흘러나온 목소리에는 짜증이 가득했다.

"잠깐! 여기 명자량이라는 사람. 예전에 남창에서 천금당을 운영했던 사람 아닌가? 그 강남에서 비단하면 손꼽히던 부호 말이야."

왕평은 눈을 휘둥그레 뜨며 탄성을 흘렸다.

"역시 단주님이십니다. 가히 저 같은 종자는 생각지도 못할 엄청난 정보력과 눈썰미를 지니고 계시는군요."

적운비의 눈썹이 역팔자를 그렸다.

"아부 떨 시간에 보고해. 이 시간에도 다른 놈들은 돈을 벌고 있단 말이다!"

왕평은 속으로 욕설을 퍼부었지만, 진중한 표정으로 대꾸했다.

"예, 예. 단주님의 말씀이 옳습니다. 명자량, 명 대인은 천금당의 주인이 맞습니다. 하지만 천금당을 물려주고 낙향한 게 벌써 이십여 년 전입니다."

"지금은 뭐하는데?"

왕평은 조심스럽게 서류를 가리켰다.

"두 장을 넘기시면 나옵니다. 보고 드리겠습니다. 명 대인은 낙향한 후 은거한 듯 보였으나, 이내 돈을 굴리기 시작했습니다. 애초에 상재가 워낙 뛰어난 사람이다 보니 근방에서 떵떵거릴 정도로 성장했다고 합니다."

적운비는 눈매를 일그러트렸다.

왕평은 명자량에 대한 보고를 이어가면서 쉴 새 없이 적운비의 눈치를 봤다. 하나 시간이 흐를수록 적운비의 표정은 험악하게 일그러질 뿐이었다.

"왕 지부장."

"예, 단주님."

"왕 지부장은 명자량에 대해서 잘 아는구만."

"아무래도 과거가 너무 유명하다 보니 개인적으로도 조금 조사를 했습니다."

그 순간 적운비가 왕평을 손가락을 까딱거렸다.

왕평이 무릎걸음으로 다가와 귀를 기울였다.

"예? 예!"

"왕 지부장, 돈 좋아하지?"

왕평은 조금도 머뭇거리지 않고 대꾸했다.

"그렇습니다."

"지금부터 명자량을 미끼로 숨어 있던 복건성의 돈줄을 모조리 끌어낸다. 그 금액은 헤아릴 수 없을 정도겠지."

그 순간 왕평은 목울대가 꿀렁거릴 정도로 거칠게 입맛을 다셨다. 적운비의 말뜻은 엄청난 이득을 보게 될 일이니 시키는 일이나 잘하고 적당히 챙기라는 뜻이 아닌가. 복건성 전체의 자금을 복주지부로 모은다면 자신의 공도 상당할 것이다. 거기에 부수입까지 생긴다면 금상첨화가 아닌가.

쿵!

왕평은 청석에 머리를 박으며 소리쳤다.

"속하! 견마의 노력을 마다하지 않겠나이다!"

적운비는 왕평을 내려다보며 스산한 표정을 지었다.

'혈마교도인 네가 혈마교를 터는 거다. 얼마나 열심히 할지 기대하마.'

적운비는 명자량에 관한 서류를 보며 물었다.

"자네가 명자량의 돈을 노리지 않았을 리가 없지. 한데 왜 도모하지 않았나?"

왕평은 하인이 된 것처럼 공손하게 대꾸했다.

"복건성의 성도는 복주입니다. 그래서 지부도 복주에 만 들어졌지요. 한데 명자량은 해안을 따라 한참을 남행해야 나오는 천주에 터전을 잡았습니다. 명자량이 큰손인 것은 알지만, 복주를 비우면서까지 영업을 할 여력이 없었습니 다."

적운비는 고개를 끄덕였다.

"그렇군. 어찌 됐든 명자량도 만리전장과 거래를 하기는 하는군."

해도대상련에 속한 전장 중 여가전장과 더불어 손꼽히는 곳이 바로 만리전장이다.

"아무래도 해도대상련의 영역에서 장사를 하니까 눈치 를 보지 않을 수가 없었겠지요. 어찌 됐든 명자량은 은퇴해서 낙향한 사람이니까요. 총단의 인맥도 세월이 흐름에 따라 예전 같지 않았을 테니 스스로 허리를 굽히고 들어온 것이라 생각합니다."

적운비는 턱을 쓰다듬으며 침음을 흘렸다.

"그래도 명자량의 장원과 만리전장은 오십 리 넘게 떨어져 있잖아. 매번 전장을 이용하니 지극정성이로군."

"헤헤, 그것이 제 공도 없지 않아 있는 듯 보입니다."

왕평은 슬그머니 하나의 장부를 내밀었다.

만리전장과 명자량의 거래 장부였다.

십여 년의 거래 내역이 한눈에 들어왔다.

적운비는 장부를 보며 미간을 찡그렸다.

제 딴에는 자랑하고 싶어서 보여줬나 본데, 훑어보는 것만으로도 허술하기 그지없었다.

"장부에 등록된 것을 보면 명자량의 사업체는 열일곱 곳이군. 복주보다는 못하지만, 모두 지역의 노른자 위에 만들었어. 명자량의 인품은 몰라도, 수완 하나만은 인정해야겠군."

"그렇습니다. 확실히 대단하지요."

적운비는 장부의 한곳을 가리켰다.

"그런데 말이야, 뭔가 이상하지 않아?"

왕평으로서는 영문 모를 소리였다. 그도 그럴 것이 장부를 가장 많이 살핀 사람은 바로 왕평 본인이 아닌가.

"명자량이 전장에 매회 넣는 액수가 얼마지?"

왕평은 장부를 살피며 대꾸했다.

"구천 냥에서 만 냥…… 어이쿠!"

"이상하지?"

적운비의 물음에 왕평은 고개를 끄덕거릴 수밖에 없었다.

"이상합니다."

명자량이 전장에 맡기는 돈은 항상 구천 냥을 넘겼고, 만 냥을 넘지 않았다. 마치 그 스스로 금액을 정해놓은 것처럼 말이다.

"장사란 말이지. 잘 될 때도 있고, 안 될 때도 있는 거야. 명자량 정도의 수완과 인맥이라면 돈을 버는 것이 당연하겠지. 하지만 매번 돈을 번다고 해도 이익의 고저는 반드시 존재할 것이야. 한데 늘 만 냥 이하란 말이지. 모자라지도 많지도 않은 만 냥! 이게 무슨 의미일까?"

왕평은 깨달은 바가 있는지 탄성을 흘렸다.

"아! 전부 넣는 것이 아니군요."

"그래, 인근에 전장이라고는 만리전장뿐인데 전부 넣지 않아. 여기 보니까 명자량은 전장에 입금할 때마다 항상 두 명의 호위를 대동한다지?"

"그렇습니다. 실제로 제가 몇 번 본 적도 있지요."

적운비가 지나가는 말로 물었다.

"명자량 정도면 지점을 하나 세워줘도 되지 않아? 천주가 그리 작은 땅도 아니니 이용하는 사람이 꽤 될 텐데 말이야."

왕평은 손사래를 쳤다.

"그건 아니 될 말씀입니다. 지점을 세우는 것은 쉽지만, 믿을 만한 사람을 뽑기란 어려운 일입니다. 게다가 자금이 한두 푼 들어가는 일도 아니고요. 명자량이 아무리 큰 손이라고 해도 지부 입장에서는 손해가 더 큽니다."

적운비는 혀를 차며 말했다.

"쯧쯧, 그러니까 멍청하다고 하는 거다. 너는 은자 만 냥을 도대체 뭐라고 생각하는 거냐?"

왕평은 쉬이 대꾸하지 않았다.

결국 적운비가 말을 이었다.

"절정 무인이 들고 뛸 수 있는 적정량의 돈이 만 냥이다. 그 이상이면 경공을 펼칠 때 평소의 실력을 낼 수 없게 되지."

왕평은 고개를 갸웃거렸다.

"한데 호위는 두 명이지 않습니까. 그럼 이만 냥을 입금해야 말이 되지 않습니까?"

적운비가 결국 참지 못하고 왕평의 엉덩이를 걷어찼다.

"에라이! 머리를 굴릴 줄 안다고 생각했더니 아주 돌이로구나!"

왕평은 연방 허리를 숙이며 사죄했다.

"죄송합니다. 다 속하가 무능한 탓입니다."

"만약 도적이라도 만나서 중과부적인 상태가 되면 다른 호위가 명자량을 업고 도망쳐야 할 것 아냐!"

"그, 그렇군요."

적운비는 한숨을 내쉬며 다시 자리에 앉았다.

"어찌 됐든 명자량은 호위와 늘 함께 다니지만, 필요 이상의 돈을 들고 다니지 않아. 왜?"

왕평은 매담자처럼 황급히 말을 보탰다.

"전장이 멀기 때문이지요."

적운비는 팔걸이를 소리나게 두들기며 외쳤다.

"그래! 그러니까 명자량은 이만 냥을 벌든, 십만 냥을 벌든 늘 만 냥만 입금하는 거야. 왜냐? 전장에 맡겨서 약간의 이득을 포기하더라도 안전한 게 낫다고 생각하기 때문이다."

왕평이 하는 일이라고는 적운비의 말에 맞춰 고개를 끄덕이는 것이 전부였다.

"한데 우리가 그 동네에 지점을 짓는다고 생각해 보자.

너는 손해를 본다고 했지? 한데 명자량이 얼마를 버는 줄 아냐?"

"거기까지는 잘······."

"몰라? 장사한다는 놈이 그것도 계산 안 하고 손해를 먼저 논해?"

적운비는 소매에서 작은 책자를 꺼내서 왕평의 안면을 향해 던졌다.

"상권 기획단에서 조사한 바에 따르면 최소 칠만 냥 이상이다."

왕평은 그래도 억울함이 있었나 보다.

"칠만 냥이 큰돈이기는 하지만, 지점의 설치비보다는 많지 않을 겁니다."

"길게 보라고! 멀리 보라고! 장사치가 왜 이렇게 아둔해? 네 말처럼 지금 당장 설치비를 뽑아낼 수는 없을 거다. 하지만 세월이 흐르면 결국 만회하겠지. 하지만 이번 일의 최종 목표는 그것이 아니야."

적운비는 검지를 펴고 말을 이었다.

"단 한 사람의 고객! 그를 위해 치안도 불안한 땅에 지점을 설치했다. 이 일로 전장의 신용도, 아니 해도대상련의 신뢰도가 얼마나 올라갈 것 같으냐?"

왕평은 적운비의 말을 곱씹으며 턱을 부들부들 떨었다.

천룡맹과 천룡대상단이 밀월 관계를 맺은 것처럼 혈마교와 해도대상련도 마찬가지였다.

그렇기에 해도대상련은 혈마교 내에서 가장 거대한 상인 연합이었다. 하지만 해도대상련이 아니더라도 부호나 거대 상권은 분명히 존재했다. 혈마교의 핵심층은 개개인이 인맥을 가지고 있었고, 그 인맥은 부호들과 이어져 있었기 때문이다. 그들은 혈마교의 비호만으로도 충분히 안전하다고 생각한다.

하지만 적운비의 말처럼 해도대상련에 대한 신뢰도가 올라간다면 명자량과 같은 부호를 모두 고객으로 끌어들일 수 있는 계기가 될 수도 있는 게다.

산술적으로 계산할 수 없을 만큼 거대한 기회!

"하하, 하하."

적운비는 반쯤 넋이 나간 왕평에게 또 다른 책자를 내밀었다.

"천주는 복주와 달리 사람이 없고, 자연풍광이 좋아. 게다가 금문도과 멀지 않은 까닭에 관군의 비호까지 기대할 수 있지. 네가 돈이 남아돈다면 북적거리는 이런 곳에서 살고 싶으냐?"

"아닙니다."

"한적한 곳에서 너 하고 싶은 짓이나 하면서 편히 살고 싶지 않겠냐?"

왕평은 고개를 끄덕이며 적운비가 건넨 책자를 받아 들었다.

"이게 뭡니까?"

"감이 좋은 사람 모두 부자가 되는 것은 아니야. 하지만 부자는 모두 감이 좋지. 내가 돈을 번다는 건 누군가 돈을 잃는다는 뜻이다. 그러니 남과의 경쟁에서 이길 수 있는 감을 가지고 있다는 뜻이야. 이건 감이 있는 부호들의 명단이다."

이쯤 되면 왕평도 깨닫는 바가 있었다.

"조만간 천주가 엄청나게 발달하겠군요!"

"이미 명자량과 같은 상인들이 유지들에게 땅을 사들이고 있을지도 모르는 일이지. 네가 비경원 같은 신분제 기루를 만들 때 그들은 신분을 보장받는 성역을 만들 수도 있다는 뜻이야. 이제 좀 알겠냐?"

왕평은 초기 혈마교의 포교가 그러했듯 세뇌를 당한 사람처럼 쉴 새 없이 고개만 끄덕거렸다.

"이런 일은 망설일수록 손해야."

"예, 지금 당장 사람을 구해서 지점 설치를 시작하겠습니다."

적운비는 고개를 끄덕이며 말을 보탰다.

"그리고 내일 당장 명자량을 찾아가. 그리고 지금껏 배려하지 못한 것에 대해 사과해. 그의 비위를 맞출 수 있는 일이라면 뭐든지 해!"

왕평은 문을 거칠게 열어젖히고 뛰쳐나갔다.

"존명!"

＊　　　＊　　　＊

천주에 지점을 설치하는 것은 순조롭게 진행됐다.

복주지부장인 왕평이 워낙 열성적으로 나섰기에 자금 조달과 인재 채용에 관해서도 마찬가지였다.

두 곳을 오가던 왕평은 아예 천주에 터를 잡았다.

부평초같이 떠돌던 그가 자리를 잡았다는 것은 명자량과 심중을 털어놓게 되었다는 뜻과 다르지 않았다.

복주지부의 업무는 적운비가 맡게 되었다.

여인청과 문사들은 매일같이 홍등가를 드나들었고, 적운비는 지원을 아끼지 않았다.

"자네에게는 미안하군."

적운비는 왕평을 향해 쓴웃음을 지었다.

하나 왕평은 손사래를 쳤다.

"마음껏 쓰셔도 됩니다. 이 모든 것이 해도대상련의 무궁한 발전을 위해서가 아닙니까! 저는 단주님이 복주지부에 계시는 것만으로도 안심이 됩니다. 그러니 제가 명자량을 포섭하기 위해 전력을 다할 수 있었던 것이지요."

왕평의 표정에는 자부심이 가득했다.

그의 손에는 명자량의 직인이 찍힌 서류가 들려 있었다. 이제 명자량은 천주에 설치되는 만리전장의 지점을 통해 모든 자금을 관리하게 될 것이다.

적운비가 빙긋 웃으며 말했다.

"왕 지부장, 잘해주셨소. 이 모든 것은 왕 지부장의 공이오. 대단하구려."

왕평은 적운비가 갑자기 존대를 하자 오히려 당황스러움을 금치 못했다.

"가, 갑자기 왜 이러십니까?"

적운비는 주변을 살핀 후 목소리를 낮췄다.

"내년쯤 해도대상련의 련주가 물러날 거요. 그러면 원로 중 한 분이 그 자리에 앉지 않겠습니까?"

"그렇지요."

적운비는 왕평의 손에 작은 명패를 쥐어 주었다.

"여 원로께서 왕 지부장과 함께 거사를 도모하시고자 합니다."

왕평은 눈을 휘둥그레 떴다.

여금보라면 해도대상련 내에서도 가장 부유하고, 큰 영향력을 발휘하는 원로가 아니던가.

"해도대상련을 부유하게 만들기 위함도 있지만, 사실 상권 기획단은 혈마교 영역을 돌며 인재를 발굴하기 위해서 한시적으로 만들어진 조직이랍니다."

왕평은 명패를 쓰다듬었다.

분명 여가전장의 수뇌부만 사용하는 명패가 틀림없었다. 값비싼 목재에 특수한 염료를 사용하여 묘한 향이 나는 명패가 아니던가.

이것은 쉽사리 위조할 수 있는 것이 아니었다.

적운비가 더욱 목소리를 낮췄다.

"어차피 나는 원로께서 약속해 주신 자리가 있습니다. 그래서 이번 공을 왕 지부장께 넘겨주려 합니다."

"그러셔도 되는 겁니까?"

왕평은 아예 감격에 차서 눈물이라도 흘릴 기세였다.

적운비는 왕평을 다독이며 부드럽게 말을 이었다.

"인청이 왕 지부장을 마음에 들어 합니다. 인청은 나와 남이 아니니 녀석에게 힘을 실어주고 싶군요. 무슨 뜻인지 아시지요?"

왕평은 고개를 끄덕였다.

여금보의 나이는 적지 않다. 게다가 여인청의 아비는 오래전에 죽지 않았던가. 만약 모든 일이 잘못되더라도 최소한 여인청에게 여가전장은 남을 것이다.

왕평의 머릿속에서 금세 계산이 끝났다.

"저야 영광이지요."

적운비는 빙긋 웃으며 창밖으로 향했다.

그곳에는 여인청이 문사들과 음담패설을 하며 시간을 보내고 있었다.

"동생, 잠시 이리로."

여인청은 왕평을 보고 표정을 수습했다.

이미 적운비가 여인청에게도 약(?)을 쳐놓은 것이다.

"인청, 여 원로께서 하신 말씀 기억하지?"

여인청은 쓸 만한 사람을 찾아보라던 여금보의 말을 떠올리며 고개를 끄덕였다.

"기억하지요."

"여기 왕 지부장은 그런 분인 것 같더군."

왕평과 여인청이 살갑게 인사를 나눴다.

"할아버지께서 분명 중히 쓰실 겁니다."

"저야 여 원로께서 불러만 주신다면 천 리 밖에서 뛰어갈 준비가 되어 있습니다."

적운비는 대화가 길어질 것을 염려해 황급히 사이에 끼어들었다.

"아직은 외부인이 보아서 좋을 게 없으니."

여인청은 고개를 끄덕인 후 왕평과 눈인사를 했다.

적운비는 왕평과 다시 둘만 남은 상황에서 담담한 어조로 이야기했다.

"왕 지부장의 노력은 고스란히 여 원로의 힘이 될 겁니다. 하지만 련주 선출은 아직 비밀이니 그 누구에게도 발설하시면 안 됩니다. 또한 인청과도 지금처럼 적당한 거리를 유지하시면 문제없겠지요."

"명심하겠습니다!"

왕평은 극진한 예를 표하며 물러갔다.

한데 방을 나섰던 왕평이 황급히 다시 돌아오더니 한 마디를 남겼다.

"죄송합니다. 제가 경황이 없어서 중요한 말을 전하지 못했습니다."

적운비는 손사래를 쳤다.

"이제는 한지붕 사람이 아닙니까. 편하게 말씀하세요."

왕평은 그럼에도 불구하고 쉬이 예를 풀지 않았다.

일견하기에도 여금보가 후계자를 정한다면 적운비가 될 공산이 높아 보였기 때문이다.

"명자량이 단주님을 뵙고 싶어 합니다. 소문의 상권기획단에 큰 관심을 가지고 있더군요. 단주님께서 불편하시다면 제가 처리하겠습니다."

적운비는 너그러운 웃음을 지었다.

"명자량은 왕 지부장이 한동안 관리해야 할 주요 대상이 아닙니까. 만나 보지요."

왕평은 내심 다행이라고 여겼는지 기분 좋은 표정을 지으며 방을 나섰다.

"후우……."

적운비는 뒷짐을 진 채 방 안을 서성거렸다.

그리고 처소 주변에서 사람의 기척이 완전히 사라진 후에야 주먹을 불끈 쥐며 소리 없는 환호성을 내질렀다.

'미끼는 준비됐고, 이제 먹잇감도 나왔으니 이제는 들고 튈 차례인가?'

이제는 한시라도 빨리 무당파로 돌아가고 싶은 마음이 간절했다.

적운비는 무당삼청과 동문을 떠올리며 빙긋 웃었다.

'양손은 무겁게 돌아갈게요.'

第十一章

대도무문(大盜無門)

늦은 밤 복주지부로 스며드는 그림자가 있었다.

하지만 경계를 서는 무인들 중에서 그림자는 물론이고, 바람 소리조차 들은 사람이 전무했다.

그림자는 지부에서 가장 좋은 건물로 사라졌다.

적운비는 기다리고 있었는지 복면인을 반겨 주었다.

"오랜만에 뵙는군요."

복면을 벗은 복면인은 다름 아닌 금백귀의 좌귀였다.

금백귀의 수장은 노대지만, 실질적으로 움직이는 핵심인물이 찾아온 것이다.

좌귀는 적운비의 처소가 익숙한지 외부인의 시선을 차단할 수 있는 구석에 자리했다.

적운비는 그 모습을 보며 탄성을 흘렸다.

혜검으로 인해 기감이 발달해서였을까?

좌귀를 보면 자연스럽게 그의 성취가 짐작됐다.

본래 금백귀의 우귀는 무공이 강하고, 좌귀는 잠행과 정보 수집이 특기라 했다. 만약 좌귀가 마음먹고 은신한다면 절정의 고수라 해도 찾는 것이 불가능하지 않을까 하는 생각이 들었다.

"영감께서 소식을 보내셨습니다."

적운비는 빙긋 웃으며 말했다.

"연결이 된 건가요?"

"예, 노대께서 직접 해남도로 가셨습니다. 배편은 그쪽에서 마련할 것입니다."

"때마침 잘됐군요."

적운비는 반색하자, 좌귀는 고개를 갸웃거렸다.

해남도와의 일이 해결되는 것은 시간문제가 아니었던가. 당연히 이뤄질 일에 저리 기뻐하는 모습이 이상할 수밖에 없었다.

"미끼가 초대를 했습니다."

좌귀의 얼굴에 기쁨의 빛이 스쳐 갔다.

"그렇다면 혹시?"

"명자랑은 욕심이 많은 만큼 신중한 사람입니다. 하지만 다음 단계를 대비할 때가 온 것 같네요."

"혈전자가 있겠습니까?"

혈전자(血錢者)의 역할은 혈마교의 비밀 자금을 지키는 것이니 얼마나 많은 간자와 도적들이 혈전자를 노렸겠는가. 하지만 혈전자의 존재는 소문만 무성했지 그 누구도 파악하지 못했다.

"혈마교는 대부분 광신적인 교도와 마공을 익힌 무인들이 대부분입니다. 자금을 관리할 능력자가 있을 리 만무하지요. 그러니 혈전자는 분명 혈마교와 해도대상련, 양쪽에서 큰 역할을 했던 자에게 맡겼을 겁니다."

"그렇지요."

"우리는 지금껏 의심이 갔던 이들을 모두 조사했습니다. 뇌주, 형산, 임계, 풍로, 장천 땅을 이 잡듯이 뒤지지 않았습니까. 하지만 혈전자는 없었지요. 천주가 마지막입니다. 혈전자가 없다면 모를까, 존재한다면 이곳에 있습니다."

"천룡맹의 상황이 미궁 속으로 빠진 지 오래입니다. 혈전자를 찾는다고 해도 곧바로 필요한 것을 찾을 수 있을는지요?"

적운비의 입가에 미소가 그려졌다.

"혈전자는 찾을 수 없기에 대단한 것입니다. 지키는 것이었다면 지금까지 드러나지 않을 수가 없지요. 그러니 혈전자만 찾으면 그 후의 일은 걱정하지 않으셔도 됩니다."

좌귀는 더 이상 묻지 않았다.

적운비라면 분명 숨겨둔 한 수가 있을 것이라 믿은 것이다.

"영감께 전하겠습니다."

좌귀는 찻잔을 들지도 않고 떠나려 했다.

그런 그를 적운비가 붙잡았다.

"할아버지께 전해주세요. 이번 일이 끝나면 금백귀를 만나겠다고 말이에요."

좌귀는 지금껏 감정을 숨겨왔다. 명가량의 일이 성사되었음에도 옅은 미소를 지었을 뿐이다. 한데 적운비의 한 마디는 그런 그를 놀라게 하기에 충분했다.

'공자께서 드디어!'

적운비의 과거를 아는 사람은 그리 많지 않았다.

그중 호의를 품은 사람은 극소수였다.

노대와 왕사, 그리고 금백귀의 수장인 좌귀와 우귀 정도이리라. 그렇기에 좌귀는 북받쳐 오르는 감정을 다스리기 위해 심호흡을 이어갔다.

적운비는 항상 세상을 등지려 했다.

다만 무당파를 위해 잠시 그 시기를 미뤘을 뿐이다.

그렇기에 금백귀와 거리를 두려 했다.

금백귀는 곧 적운비의 과거이기 때문이다.

한데 그랬던 적운비가 금백귀와 만나려 한다.

그 말은 적운비가 과거와 마주하여 앞으로 나아가려 함을 의미했다.

좌귀는 사람이 달라진 것처럼 환하게 웃었다.

"영감께 그리 전하겠습니다."

적운비는 좌귀가 떠난 이후 큰 짐을 내려놓은 사람처럼 밝은 표정을 지었다.

좌귀의 마음이 어디 남 같으랴?

적운비라고 해서 다를 리 없었다.

자연스레 어린 시절을 떠올렸다.

예전에는 떠올리는 것만으로도 진저리를 쳤고, 회피하고자 다른 일에 몰두하지 않았던가.

하나 이제는 과거를 마주하는 것에 머뭇거림이 없다.

태어났을 때부터 시작됐던 온갖 음해와 암살 위협.

학식과 무용이 높은 자들은 한낱 아이에게 모든 죄를 뒤집어씌웠다. 그들에게는 외부의 적이 있었기에 한 명의 아이로 인해 내부의 적을 늘릴 수 없다 했다.

제왕의 상? 두 개의 태양?

항상 떠올리는 것만으로도 머리가 깨질 듯이 아팠다.

하지만 이제는 한발 떨어져서 편안하게 지켜볼 수 있게 되었다.

'그들에게는 그들의 사정이 있었겠지.'

적운비의 입꼬리가 올라갔다.

'나한테는 내 사정이 있는 거고.'

*   *   *

명자량은 노회한 자들이 그러하듯 선한 얼굴로 적운비를 맞이했다. 두 사람은 이미 두어 달에 걸쳐 십여 회 이상 만남을 지속한 상태였다.

하나 둘 중 누구도 상대를 가벼이 여기지 않았다.

"허허허, 단주의 도움으로 이 늙은이가 요즘 발 뻗고 편히 잔다오."

"당연히 상련에서 신경을 썼어야 하는 부분입니다. 지부의 허물을 이해해주셨으니 오히려 제가 감사를 표해야지요."

명자량은 속으로 끊임없이 감탄을 했다.

'저 나이에 참으로 대단한 능력과 배포다.'

명석함으로 현실을 바라보고, 냉정함으로 이상을 품는다. 게다가 상황을 판단하고, 돌파하는 능력은 매 순간 경악을 금치 못할 정도였다.

"만리전장의 지점이 생긴 이후 천주에는 새 바람이 불고 있소이다. 단주의 배려로 이 늙은이가 유지들에게 면을 세웠다

오."

적운비는 빙긋 웃으며 말을 받았다.

"본래 천주는 날씨가 맑고, 대지는 윤택합니다. 게다가 바다에 인접하여 육해공의 조화를 이뤘으니 이만한 투자처가 어디 있겠습니까?"

"호오! 단주는 풍수에도 조예가 깊은 듯하오."

"명 대인께서 터를 잡지 않으셨습니까. 어련히 그러하지 않을까 하는 생각이 들었습니다."

명자량은 적운비의 농에 박장대소를 했다.

그래, 이거다.

저 젊은 자가 더욱 마음에 드는 이유는 나이에 걸맞지 않은 능수능란함 때문이었다.

해도대상련의 련주와 원로가 싸고돌 만하다.

'분명 해도대상련에서 끝날 자질이 아니야. 나, 아니 우리 가문이 대를 이어 투자할 만하다!'

명자량은 헛기침과 함께 주변을 살폈다.

적운비는 이제 본론이 나오는 것을 예상하고 몸가짐을 바로 했다.

"단주, 천주지점이 안정될 때까지 복주에 있을 것이라 들었소. 그럼 천주에 온 김에 이쪽 유지들과 인연을 맺는 것은 어떻겠소이까?"

적운비의 눈동자에 한순간 기광(奇光)이 스쳐 갔다.

'걸렸다! 명자량.'

명자량의 야욕은 상상을 초월한다.

그것은 만리전장에 만 냥씩 집어넣은 행위로도 알 수 있었다. 복주지부장인 왕평은 해도대상련에 잘 보이기 위한 꼼수 정도로 생각했다. 하나 명자량은 매번 비슷한 돈을 옮기며 시위를 했던 게다.

자신에게 잘 보이라고 말이다.

그렇기에 적운비는 명자량에게 가진바 능력을 최대한 발휘했다. 그와 함께 겸손함과 어수룩함을 동시에 보여주었다. 덕분에 명자량은 적운비를 인정했고, 조종할 가치가 있는 존재라고 인식하게 된 것이다.

"한 시진 정도면 자리가 마련될 거요."

적운비는 명자량의 말에 반색하며 고개를 숙였다.

"명 대인께 큰 빚을 집니다."

명자량이 말한 유지들은 외견부터 범상치 않았다.

노년까지 실패하지 않은 부호들이니 눈빛부터 노회함이 가득하다. 게다가 은거했다고는 하나 대부분 언제라도 현역으로 복귀할 방법을 만들어놨을 터였다.

"단주는 정녕 명 대인이 말하기 전부터 우리의 관계를 알았단 말인가?"

적운비는 고개를 끄덕였다.

"재화는 굴릴수록 쌓이는 법. 명 대인 정도 되시는 분이 사업체 몇 곳을 굴려서 만족하실 리가 없지요. 저라도 부호들의 자문이 되어 더 큰돈을 굴렸을 겁니다."

"알고 있었다면 복안도 있었겠지?"

적운비는 어깨를 으쓱거렸다.

"소일거리 삼아 몇 가지 생각해본 것이 있기는 합니다만……."

부호들은 적운비가 명자량의 눈치를 보자 이구동성으로 말했다.

"명 대인, 어디 한 번 들어나 봅시다."

"하하하, 애초에 그러려고 만든 자리가 아닙니까."

하나 명자량의 표정은 그리 좋지 않았다.

시간이 흐를수록 적운비는 부호들의 환심을 샀고, 왠지 모르게 대화에서 밀려나는 기분을 금치 못한 것이다.

'설마 나를 징검다리 삼아서 내 사업을 가로챌 생각인가?'

불현듯 뇌리를 스치는 생각에 소름이 돋았다.

상권 기획단의 탄생 자체가 새로운 돈줄을 만들기 위해서가 아니었던가.

명자량은 준비했던 연회를 취소하고, 건강을 핑계로 자리

를 파했다. 부호들이 아쉬워했지만, 그들의 기분까지 고려할
여력이 없었다.

"조만간 다시 뵙기를 기원하겠습니다."

하나 명자량은 이미 짜증을 넘어 분노까지 치솟은 상태였
다. 그러니 대꾸 또한 시큰둥할 수밖에 없었다.

"단주께서 매번 오실 수야 있겠소. 볼일이 있으면 내가 가
리다."

적운비는 명자량의 냉대에도 끝까지 웃음을 잃지 않았다.
한데 돌아선 그의 얼굴에도 미소는 여전했다.

기분 좋은 일이 생긴 것이 틀림없었다.

*　　　*　　　*

그날 밤 다시 한 번 금백귀의 좌귀가 복주지부를 찾아왔
다. 좌귀는 적운비의 표정을 보자마자 일이 잘 풀렸음을 깨달
았다.

"찾으셨군요!"

적운비는 나직이 한 마디를 흘렸다.

"혈전자는 양천입니다."

그는 명자량이 데리고 온 부호들을 마주한 순간부터 알 수
있었다. 부호들은 눈빛의 날카로움과 달리 육신은 늙고 병든

상태였다.

한데 그중 양천이라는 노인만이 도드라질 정도로 음습한 기파를 흘리고 있었다.

혜검을 깨닫기 전이라면 눈치채지 못했을 것이다.

타인의 기파를 감지하고, 이질감을 느끼려면 강약만으로는 부족했다. 천지의 조화로움에 반하는 음습한 기파이기에 적운비는 단박에 알아챈 것이다.

'부자 같지 않아.'

무엇보다 양천은 돈 얘기에 큰 관심을 보이지 않았다.

그것은 상상 이상으로 돈이 많거나, 자신의 돈이 아닐 경우에 불과할 터였다.

게다가 양천의 기파는 단순하게 무공을 익힌 것으로는 설명이 되지 않았다. 기억을 더듬어서 음습한 기파와 가장 흡사한 경험을 찾아냈다.

'그 녀석처럼 일그러져 있어.'

바로 천룡학관에서 만난 육가인이었다.

그는 탈혼십조라는 마공을 익히지 않았던가.

하지만 양천과 육가인의 기파는 만월과 반딧불의 밝기만큼이나 커다란 격차가 존재했다.

그 말은 곧 양천이 정통 마공을 익혔다는 뜻이리라.

적운비는 지부로 돌아오자마자 왕평이 건넨 인물록을 살폈다.

양천이라는 노인의 기록은 짤막했다.

　　—밀염으로 큰돈을 벌었고, 십오 년 전 천주로 낙향.

본래 소금을 다루는 염상(鹽商)은 황실의 허가를 받아야 가
능한 업종이다. 한데 몰래 소금을 사고파는 염상이라면 기록
자체가 전무했다. 그러니 신분을 위장하는 데에는 적격이라고
할 수 있었다.

"날을 잡으시겠습니까?"

좌귀의 물음에 적운비는 목소리를 더욱 낮췄다.

"해남도의 준비가 끝나고, 복주항이 열리려면 얼마나 걸리
나요?"

"금백귀는 이미 준비를 끝냈고, 해남도 역시 연통만 기다리
고 있는 형국입니다. 영감께서 말씀하시길 이틀이면 복주항을
열 수 있다고 했습니다."

적운비는 빙긋 웃으며 가볍지 않은 한 마디를 가볍게 내뱉
었다.

"삼 일 뒤 혈마교를 빈털터리로 만들겠습니다."

　　　　　　*　　　*　　　*

어둠이 하늘을 뒤덮자, 어디선가 하나둘씩 무인들이 모여들었다. 그들은 한곳에 모여 의복을 갈아입었다.

같은 의복과 무기, 그들은 금백귀로 탈바꿈했다.

그들의 목표는 산 아래 넓게 자리한 장원이었다.

자현원(玆玄園).

검고, 검고, 검은 장원.

특이하다 못해 불길할 정도로 묘한 이름의 장원이다.

이름만 이상한 것이 아니었다.

자현원 주변에는 이 장이 넘는 교목들이 가득했다. 그리고 교목들 사이에는 일 장이 채 되지 못한 관목들이 마치 밭처럼 빼곡하게 채우고 있었다.

일견하기에도 인위적으로 만들어진 숲이 분명했다.

게다가 자현원으로 통하는 길은 정면의 한 곳뿐이다.

장원 뒤에 제법 높다란 산이 있고, 좌우는 숲이 무성하니 요새와 다름이 없는 구조였다.

적운비가 나타날 때까지 금백귀 전원은 위장막을 두른 채 장원에서 눈을 떼지 않았다.

"진채보다 더욱 단단한 방어망이로군."

노대의 한 마디에 우귀는 대원들의 진형을 정비했고, 좌귀는 수하들을 이끌고 정찰을 나섰다.

적운비가 나타난 것은 그때였다.

"이건 예상외의 전개인데요."

노대는 고개를 끄덕이며 손가락으로 숲을 가리켰다.

"은신하고 있는 자들의 기척은 없다. 하지만 숲 전체에 음습한 기운이 가득해. 네 말처럼 마공을 익힌 자들이 숨어 있을 가능성이 높다."

적운비의 얼굴에 잠시 망설임이 나타났다.

"이러면 계획을 완전히 수정해야 하는데요."

혈마교의 비자금을 가로채는 일에 죄책감은 없다. 하나 그렇다고 해서 혈마교의 원한까지 짊어지고 싶은 생각도 없었다.

흔적 없이 모든 것을 가지고 사라지려 했다.

그렇기에 여인청과 왕평이라는 미끼를 만들지 않았던가. 궁극적으로는 여인청과 왕평에게 모든 죄를 뒤집어씌우고, 해도 대상련과 혈마교를 반목하게 만드는 것이 목표였다.

그걸 이루기 위해서는 모든 것이 은밀하게 이뤄져야 했다. 한데 적운비의 예상과 달리 자현원 인근에는 마기를 흘리는 마인들로 가득하지 않은가.

"어쩔 것이냐? 지금이라면 돌아가서 다시 기회를 노릴 수 있단다."

노대의 말에 적운비는 고개를 내저었다.

"돌아갈 수 없습니다."

"흐음, 굳이 병법을 논하지 않아도 천지인 모두 우리에게 불리하다. 지금은 밤이고, 숲은 우거졌으며, 적은 우리의 접근을 쉬이 눈치챌 것이야."

적운비는 어쩔 수 없다는 듯 몸을 풀기 시작했다.

"정면으로 돌파합니다."

"하지만……."

적운비는 개의치 않았다.

"이미 명자량의 눈 밖에 났어요. 게다가 혈전자는 혈마교에 제 신분조회를 요청했을 겁니다. 여금보는 속였지만, 혈마교는 그리 녹록지 않을 거예요."

쏴아아아―

노대는 만류하려다 흠칫 놀라며 물러섰다.

적운비의 몸에서 흘러나오는 기세가 상상 이상이다.

더욱 놀라운 점은 주변의 금백귀들은 적운비의 기세에 조금의 영향도 받지 않는 것처럼 보이지 않는가.

자신보다 강해졌다는 것은 진즉에 알았다.

하지만 이제는 적운비의 성취가 어느 정도인지 감을 잡을 수가 없었다.

내공이 아닌 깨달음의 위력.

게다가 적운비는 강호 도문의 최고봉이라 불리는 무당파의 혜검을 익히지 않았던가.

마공과는 상극인 존재였다.

노대는 머리에 묶은 천을 아래로 잡아당겨 얼굴을 가렸다.

복면 속에서 노대의 나직한 한 마디가 퍼져 나왔다.

"전투 준비."

                    *   *   *

적운비는 뒷짐을 진 채 느긋하게 걸음을 옮겼다.

이대로 쭉 걸어가면 자현원이 나올 게다.

어느덧 밭과 숲의 경계에 이르렀다.

숲의 초입에 숨은 마인들의 기척이 느껴졌다.

외인의 접근으로 인해 긴장하고 있음이 분명했다.

적운비와 그들의 거리는 점점 좁혀졌다.

먼저 출수한 쪽은 마인이다.

활시위가 튕겨지는 소음과 함께 수십여 발의 화살이 솟구쳤다.

그러나 적운비가 내디딘 발밑에는 가벼운 먼지 구름이 일어난 후였다. 동시에 적운비의 신형은 튕기듯 전방으로 날아갔다.

후발선제의 묘리가 극에 달하니 경신법 중에서 상승으로

꼽히는 궁신탄영(弓身彈影)과 같은 현상이 일어난 것이다.

적운비가 숲으로 진입하자, 사방팔방에서 마기가 일어났다.

'열둘, 열여섯, 스무 명!'

일차로 접근하는 마인의 숫자였다.

적운비는 길 위로 늘어진 나뭇가지를 향해 손을 뻗었다. 바람을 만끽하는 사람처럼 양팔을 벌린 상태로 속도를 더욱 높였다.

그 와중에 적운비의 양손은 원을 그리려 했다.

그리고 원이 만들어졌을 때 그의 손 안은 수십 장의 솔잎으로 가득 찼다. 그것은 이내 손을 떠나 좌우로 쇄도했다. 가볍게 던진 것임에도 태극의 묘가 담겼으니 기세가 사뭇 대단하다.

후두두두두둑!

내공을 담은 솔잎은 웬만한 암기보다 강력하다.

솔잎은 우거진 교목과 빽빽한 관목을 통과하지 못했다. 그러나 절반 이상의 솔잎은 숲을 통과하여 마인의 전방으로 꽂혀 들었다.

"흡!"

마인들은 뒤늦게 메뚜기 떼처럼 사방으로 흩어졌다.

하나 적운비의 출수는 한 번에서 끝나지 않았다.

후두두두두두둑!

숲이 막아주는 것도 한계가 있지 않겠는가.

마인들은 마기를 아낌없이 뿜어냈으나, 기이하게도 솔잎에
는 속수무책이었다. 선기를 머금은 솔잎은 마인들을 난자했
다.

적운비가 정문으로 통하는 길을 빠르게 통과했고, 그제야
마인들은 솔잎으로부터의 공포에서 해방될 수 있었다.

"막아!"

마인들이 뒤늦게 적운비를 쫓으려 했지만, 그때는 이미 금
백귀가 들이닥친 후였다.

"좌귀조는 숲 주변에 포위망을 구성하고, 우귀조는 적도를
처리한다."

노대의 외침과 함께 금백귀들은 일제히 검기를 흩뿌렸다.

"한 놈도 빼놓지 말고 죽여라!"

*   *   *

자현원의 담을 넘자 사방팔방에서 마인들이 몰려들었다.
지금까지 어디에 숨어 있었나 의문이 들 정도로 많은 숫자였
다.

하지만 숲 속의 적을 상대할 때보다는 편했다.

던질 것은 많은 반면 막을 것은 전혀 없는 상황이다.

적운비는 전방을 막아선 십여 명을 향해 양손을 겨눴다. 손
끝으로 태극을 만들자마자 전방을 후려치듯 양손을 내뻗었
다.

콰콰쾅!

미풍으로 시작된 공격이 마인들에게 닿았을 때에는 미증유
의 거력으로 변한 후였다. 마인들은 검 한 번 제대로 휘둘러보
지 못하고 추풍낙엽처럼 쓰러졌다.

한데 생각지도 못한 곳에서 살기가 충천했다.

단순한 살기로 치부할 수 없는 이유가 있었다.

가슴이 답답하고, 머리가 띵하다.

바로 구궁무저관에 남은 천괴의 흔적이었다.

천괴의 흔적과 비교할 수 없을 정도로 미약했지만, 다르지
않았다.

분명 천괴의 심법을 익힌 자였다.

'어째서?'

의구심은 짧고, 굵게 뇌리를 스쳐갔다.

적운비는 발밑에서 살기가 일어나는 순간 양 손에 내력을
집중했다.

그 순간 검은 안개가 스멀스멀 땅속에서 흘러나왔다. 그리
고 그것은 한순간에 뭉쳐 검의 형태를 띠는 것이 아닌가.

"일단 꺼져라!"

적운비의 손바닥이 검은 안개를 휘감았다. 그러고는 말뚝을 박듯 땅바닥까지 강하게 찍어 눌러 버렸다.

양의심공에서 비롯된 두 줄기의 내력은 마기를 갈가리 찢어 버린 것은 물론이고, 땅속 깊은 곳까지 적운비의 의지를 전달했다.

콰직!

목뼈 으스러지는 소리가 희미하게 들려왔다.

적운비는 살수의 상태를 확인할 필요성도 느끼지 못한 채 황급히 주변을 살폈다.

죽은 놈을 붙잡고 시간을 끌어봤자 득 될 것이 없다.

지금은 본래의 목적을 달성하는 것이 중요했다.

적운비는 머뭇거림 없이 가장 큰 건물로 뛰어 들어갔다.

'후우……'

적운비는 중앙에 서서 호흡을 가다듬었다.

그 순간 잡음이 사라졌고, 기감은 극도로 민감해졌다.

바람의 흐름이 사방팔방에서 느껴진다.

적운비는 마지막으로 바닥을 가볍게 굴렀다.

텅!

그러고는 건물을 나서서 다른 곳으로 향했다.

그렇게 몇 곳의 건물을 지나친 후였다.

여느 장원에나 있을 법한 사당에 들어섰다.

적운비는 사당에 들어서는 순간 묘한 기운을 느꼈다.

'……!'

이곳은 다르다.

벽이 존재함에도 불구하고 바람이 스며든다.

겉으로 보이는 것과 다른 부분이 존재한다는 뜻이다.

발을 들어 바닥을 가볍게 굴렀다.

지이잉—

바닥 또한 마찬가지다.

아래에 존재하는 공간이 느껴졌다.

적운비는 지그시 눈을 감은 채 사당 안을 거닐었다.

그의 손은 벽을 쓰다듬고, 발은 미끄러지듯 나아간다.

"찾았다."

나직하게 읊조리며 천천히 눈을 떴다.

벽과 바닥이 연결되는 곳.

적운비가 회벽을 강하게 미는 순간 희미하게 무언가 맞물리는 소리가 들렸다.

철컥!

머리, 목, 양어깨, 심장, 단전, 무릎 등을 향해 십여 발의 소전(小箭)이 튕기듯 쇄도했다.

하나 적운비는 눈 한 번 깜빡하지도 않은 채 몸의 중심을 낮췄다. 그러고는 양손을 가볍게 한 바퀴 휘돌렸을 뿐이다.

그것만으로도 십여 발의 소전은 가루가 되어 흩날린다.

"이런 식으로 나와 주면 나야 고맙지."

적운비는 빙긋 웃으며 회벽을 향해 일장을 내질렀다.

콰쾅!

벽이 뚫리는 바깥 풍경이 눈에 들어왔다.

그렇다면 다음은 바닥이다.

발로 구르는 순간 굉음과 함께 먼지가 피어올랐다.

가벼운 손짓 한 번으로 먼지를 걷어내자, 지하로 통하는 구멍이 나타났다. 정식으로 기관을 열고 들어가는 것이 아니기에 입구는 조잡했다.

하나 적운비에게 중요한 것은 시간뿐, 안전은 고려의 대상이 아니었다.

입구로 들어서자 지하도가 나타났다.

다시 한 번 기계음과 함께 사방팔방에서 암기가 쏟아졌다.

콰쾅! 콰쾅!

면장으로 암기를 분쇄했다. 제아무리 암기의 수가 많아도 태극으로 흐름을 유도한다면 위협이 될 수 없었다.

적운비는 뒤따라 들어올 금백귀들을 위해 기관 자체를 망가트렸다.

쿠쿠쿠쿵!

기관을 파괴하는 것은 너무도 손쉬운 일이었다.

공격을 하는 것으로 제 위치를 드러냈기 때문이다.

그렇게 지하도에 존재하는 몇 개의 기관을 파괴하며 나아갔다.

적운비는 두 개의 석등 사이로 나 있는 작은 길을 보며 입꼬리를 올렸다.

지금까지와는 달리 아무런 기계음도 들리지 않았다.

'진법?'

지하에 통로를 내고, 기관을 설치한 것만으로도 엄청난 대공사였을 것이다. 한데 거기서 그치지 않고 진법까지 펼쳐 놓았으니 놀라지 않을 수가 없었다.

'역시 단순하게 돈만 쌓아두는 곳이 아니었던 건가?'

적운비는 혈마교를 목표로 삼은 이후 항상 궁금했던 사실이 있었다. 어째서 비밀장소를 교내가 아니라 이름조차 알려지지 않은 바닷가에 만들었는지 이유를 알 수 없었다.

"내가 직접 그 이유를 알아보마."

적운비는 아무런 준비 없이 진법 안으로 발을 들였다.

한데 놀랍게도 어떠한 변화도 일어나지 않았다.

이미 예상했던 바였다.

진법이란 본래 부조화로서 힘을 내는 것이 아니던가.

그러니 혜검을 통해 조화의 깨달음을 얻은 적운비에게는 존재하지 않는 것과 다르지 않았다.

조잡하게 늘어선 석벽과 무질서하게 박혀 있는 야명주는 진법의 효과를 극대화하기 위한 것일 게다.

그러나 적운비에게는 길이었고, 등불일 따름이다.

굽이진 길을 지나자 널따란 공동이 나타났다.

가장 먼저 눈에 들어온 것은 산처럼 쌓아 놓은 궤짝이었다. 궤짝 안에는 은자와 금자는 물론이고, 온갖 보석이 가득했다.

하지만 적운비는 금은보화로 눈요기를 하는 대신 반대편에 허름하게 놓여 있는 책장으로 발길을 돌렸다.

마인과 기관은 예상이 가능했다.

하지만 마지막으로 지나친 진법은 적운비로서도 예상치 못한 부분이었다. 게다가 진법에서 느껴지는 부조화는 지금껏 느껴보지 못했을 정도로 엄청났다.

분명 이름 높은 살진이 분명했다.

고작 비자금을 지키기 위해 이런 규모의 보안장치를 해놓았을 리 만무하다.

그 해답은 분명 서가에 있을 터였다.

잠시 후 적운비의 입에서 짜증 섞인 한 마디가 흘러나왔다.

"이 새끼들 봐라?"

*　　　*　　　*

금백귀가 총동원된 작전이기에 금궤가 가득 든 궤짝들을 옮기는 것은 삽시간에 진행됐다.

"모두 실었으면 바로 출발한다!"

노대의 외침과 함께 금백귀는 썰물처럼 빠져나갔다.

금백귀는 십 리마다 말을 준비했기에 복주까지 쉬지 않고 내달릴 수 있었다. 그리고 복주항을 지날 때에도 큰 문제는 일어나지 않았다.

노대가 뇌물로 관리들을 매수한 지 오래였고, 복주지부에 들러서 일을 마무리하고 뒤늦게 합류한 적운비가 지부장의 명패를 들이댔기 때문이다.

금백귀가 인솔하는 마차가 도착하자, 나루터에 정박해 있던 배에서 선원들이 쏟아져 나왔다.

그들은 짐을 부리는 것에 익숙한지 빠르게 궤짝들을 내려놓았고, 그것보다 빠르게 선적했다.

금백귀는 궤짝이 선적된 것을 확인한 후에야 한둘씩 사방으로 흩어졌다.

결국, 배에 오른 사람은 적운비와 노대, 그리고 우귀와 좌귀뿐이었다. 우귀는 해남도에서 온 선주를 만나러 갔고, 좌귀는 버릇처럼 배의 구조를 확인했다.

노대는 선미에 서서 생각에 잠긴 적운비를 응시하다가 헛기침을 했다.

"생각보다 엉망진창이었지만, 별 탈 없이 마무리됐구나. 저 정도의 재화라면 무당파를 부흥시키는 것은 일도 아닐 게다."

적운비는 다소 딱딱한 표정을 지었다.

"무당파가 아니라 운해상단으로 들어갈 자금입니다. 무당 파에 필요한 건 시간이지, 돈이 아니니까요."

"그도 그렇구나."

노대가 고개를 갸웃거렸다.

"그렇다면 너는 이제 어쩔 요량이냐?"

적운비는 멀어지는 복주에서 시선을 돌렸다. 그리고 북쪽 을 응시하며 빙긋 웃었다.

"이제 천룡맹을 밟고 일어서야지요!"

노대는 좌귀가 전한 말을 떠올리며 근심 어린 표정을 지었 다.

"너를 드러내야 할 것이다. 괜찮겠느냐?"

적운비는 빙긋 웃으며 어깨를 으쓱거렸다.

"그동안 오래 참았잖아요. 이제는 좀 터트려 보려고요."

〈다음 권에 계속〉